古今散文精選

黃子程導讀

黃子程編著

序：我的讀書隨筆

黃子程

自少就愛上了文學，很早就有了一個寫的概念：寫我的生活。通過生活，寫出了我的感覺和思維。

年少時，上課時老師教朱自清的〈背影〉：我私下寫下了我的閱讀心得：通過父親的背影，結論了父親對兒子的關愛——往後，對於文學作品，我讀了數之不盡的大作，都是這樣的寫出來的：通過了精彩的生活描敘，表達了作者要傾訴的某種哲理或生活感受，這於我，是我對文學的一個粗淺總括，時至今日，未曾變改。

講課、演講，終我大半生，我的教學生涯，也都在重複此一文學的藝術演繹！

過去心愛的文學篇章，常在課堂與演講中講述過——卑之，無甚高論，我用來闡釋一個個精彩的作品：作者寫了甚麼？作者用了怎樣的技巧手法，從內容、主題到寫作手法和藝術！

在大學教文藝欣賞，我也只是兩招：一是作者的作品中想說甚麼？說了甚麼？跟着再問：他說得精彩嗎？他的說法是否表達得很有技巧？還是笨拙而不合邏輯或不夠深刻？不能感動別人？

在本書中筆者愛讀的不少文章都給我選了出來，每一篇都有如上面所稱頌的內容與手法高度結合而成的佳篇！

精彩的內容結合高度的表達技巧，叫人嘆為觀止。

今天在中小學教書的老師，我常常跟他們說，用文字寫成文章或文學作品，都得滿足下面的問題：作者通過了怎樣的內容，從而表達了甚麼的想法和思維？

目錄

一 現當代散文

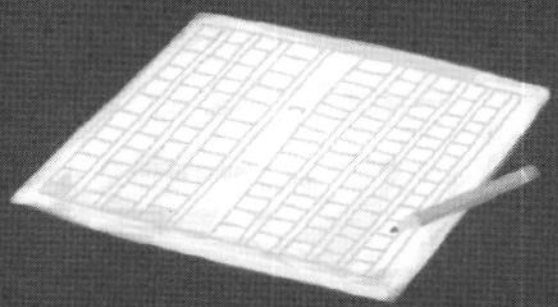

《野草》：魯迅雜文精品

案頭久未翻過的魯迅《野草》，似是睡前最宜小讀的書，裏面一篇篇短而有力的散文詩（或稱之為現代寓言，亦無不可），很值得介紹給我們的高中生。

隨便拿一篇〈狗的駁詰〉來讀，看我們對於魯迅先生的《野草》究竟感不感興趣？

狗的駁詰　魯迅

我夢見自己在隘巷中行走，衣履破碎，像乞食者。

一條狗在背後叫起來了。

我傲慢地回顧，叱咤說：

「呔！住口！你這勢利的狗！」

「嘻嘻！」他笑了，還接着說，「不敢，愧不如人呢。」

「甚麼！」我氣憤了，覺得這是一個極端的侮辱。

「我慚愧：我終於還不知道分別銅和銀；還不知道分別布和綢；還不知道分別官和民；還不知道分別主和奴；還不知道……」

我逃走了。

「且慢！我們再談談……」他在後面大聲挽留。

我一徑逃走，盡力地走，直到逃出夢境，躺在自己的床上。

二百多字的一篇散文詩，叫我們想到先秦諸子最常用的一種寓言體，韓非子不就有一則寓言叫「守株待兔」嗎？不過韓非子在寓言述畢，還加上兩句結語：今欲以先王之政，治當世之民，皆守株之類也。

另一位孟子先生，有寓言名「揠苗助長」寫活了一個一心要幫田裏的禾苗往上長的農夫，孟夫子最後也來一番感慨：天下之不助苗長者寡矣。

其實在古文中，論政及闡釋管理的先秦諸賢，無不用生活實證及寓言來幫助他們行文，韓非、孟軻、莊周……他們精彩的文章中，寓言故事比比皆是。今天打開《野草》，我們卻稱之為散文詩，太嚇人了吧？莊子鮒魚的故事、孟子揠苗的故事，也就是昔日的散文詩了。

〈狗的駁詰〉還未寫出來，魯迅其實已在他的一篇雜文中說過：「古今君子，每以禽獸斥人，殊不知便是昆蟲，值得師法的地方也多着哪。」（見《華蓋集．夏三蟲》），這一說法，我們這裏香港，筆者也在街頭聽人說過：這人禽獸不如？請勿侮辱禽獸！禽獸比人好得多，這樣的事，禽獸恥為之！

恃勢欺人，像一條勢利的狗！

這句話應該說：恃勢欺狗，像一條勢利的人。

人獸之間，今日應已易位，這是魯迅此文的思考。

諷刺騎牆派

我自己在中學時代也讀過魯迅先生的散文，上國文課，老師教的，就有〈秋夜〉和〈風箏〉（不知今日的中文老師可會選這兩篇散文作為範文講述？）當時對於〈風箏〉當然明白文中寄意，只是對〈秋夜〉卻不知所云。

後來讀了《野草》，才知道，這兩篇文章，都收在《野草》中，被歸類為散文詩，內容極具諷刺和批判，是時代的控訴，只有了解時代，才能全面認識《野草》的題旨。

〈秋夜〉不是平常的秋夜，卻是劍拔弩張的秋夜。秋夜的棗樹不是一般的棗樹，卻是一株像鐵一般要跟秋天的夜空搏鬥，向黑暗勢力作長期鬥爭的勇敢大樹。

這種觀點，在我們讀中學的那個年代，老師並沒有作過深入的解剖，我當年根本不知〈秋夜〉想說甚麼。

今天這個社會，甚麼也可以講清講楚，再讀讀《野草》中的〈立論〉，看看魯迅怎樣討論「騎牆派」吧！

立論　魯迅

我夢見自己正在小學校的講堂上預備作文，向老師請教立論的方法。

「難！」老師從眼鏡圈外斜射出眼光來，看着我，說：「我告訴你一件事——

「一家人家生了一個男孩，闔家高興透頂了。滿月的時候，抱出來給客人看——大概自然是想得一點好兆頭。」

「一個說：『這孩子將來要發財的。』他於是得到一番感謝。

「一個說：『這孩子將來要做官的。』他於是收回幾句恭維。

「一個說：『這孩子將來是要死的。』他於是得到一頓大家合力的痛打。

「說要死的必然，說富貴的許謊。但說謊的得好報，說必然的遭打！你……」

「我願意既不謊人，也不遭打。那麼，老師，我得怎麼說呢？」

「那麼，你得說：『啊呀！這孩子呵！您瞧！多麼……。阿唷！哈哈！Hehe！He，hehehehe。』」

魯迅說老師上課時教我們寫議論文怎樣去立論。

讀過這篇散文詩（說是詩，因內裏有精彩的象徵涵義），我們也許會誤會了魯迅，難道他是叫我們今後出席親友的喜宴時都要去恭賀人家最終會死嗎？

因為說要死的必然，這是實話，說富貴的，不過是謊言而已——為客套而許謊。作者舉這兩端，用來象徵我們生活中有着更極端而且在生死關頭中的兩難：要麼，忠於自己也忠於正義，但隨時要作出很大的犧牲；要麼，睜着雙眼說假話，讓不合理的事在唯唯諾諾中順利過關去了，這裏嘛，還有另一個選擇，做一個持中者——騎牆人——隨風倒，那麼，就萬勿表態，顧左右而言他可也。

然而，這一種人，跟唯唯諾諾者壓根兒就沒有甚麼分別。最後嘛，還不是一一成為人家好好利用和加以收買的同路人。

所謂「持中」，或者美其名曰「持平」，不過是「今天天氣哈哈哈」的「哈哈論者」而已！

理解這類富哲理和諷刺的散文詩，諸君覺得有難度否？

用象徵手法來反映現實

秋夜（選段）　魯迅

在我的後園，可以看見牆外有兩株樹，一株是棗樹，還有一株也是棗樹。

這上面的夜的天空，奇怪而高，我生平沒有見過這樣奇怪而高的天空。他彷彿要離開人間而去，使人們仰面不再看見。然而現在卻非常之藍，閃閃地睒着幾十個星星的眼，冷眼。他的口角上現出微笑，似乎自以為大有深意，而將繁霜灑在我的園裏的野花草上。

我不知道那些花草真叫甚麼名字。人們叫他們甚麼名字。我記得有一種開過極細小的粉紅花，現在還開着，但是更極細小了，她在冷的夜氣中，瑟縮地做夢，夢見春的到來，夢見秋的到來，夢見瘦的詩人將眼淚擦在她最末的花瓣上，告訴她秋雖然來，冬雖然來，而此後接着還是春，蝴蝶亂飛，蜜蜂都唱起春詞來了。她於是一笑，雖然顏色凍得紅慘慘地，仍然瑟縮着。

棗樹，他們簡直落盡了葉子。先前，還有一兩個孩子來打他們別人打剩的棗子，現在是一個也不剩了，連葉子也落盡了。他知道小粉紅花的夢，秋後要有春；他也知道落葉的夢，春後還是秋。他簡直落盡葉子，單剩幹子，然而脫了當初滿樹是果實和葉子時候的弧形，欠伸得很舒服。但是，有幾枝還低亞着，護定他從打棗的竿梢所得的皮傷，而最直最長的幾枝，卻已默默地鐵似的直刺着奇怪而高的天空，使天空閃閃地鬼䀹眼；直刺着天空中圓滿的月亮，使月亮窘得發白。

鬼䀹眼的天空越加非常之藍，不安了，彷彿想離去人間，避開棗樹，只將月亮剩下。然而月亮也暗暗地躲到東邊去了。而一無所有的幹子，卻仍然默默地鐵似的直刺着奇怪而高的天空，一意要制他的死命，不管他各式各樣地䀹着許多蠱惑的眼睛。

我們常常聽到人們對〈秋夜〉一文一開始的寫法有所批評：為甚麼看見牆外有兩株樹，不說「兩株都是棗樹」，卻說「一株是棗樹，還有一株也是棗樹」。

事實上，這不是甚麼特別的修辭技巧，不是用重複手法以達至強調的目的。而是配合魯迅這篇散文，全篇的寫作風格或特色，他是有心運用句子刻意營造出一種逐漸推進的氣氛，這種氣氛的營造，目的就是想突出這個「不一樣的夜」——所有魯迅看到的「夜景」是別有寄意的和別有象徵的。

他看見了一株是棗樹，然後眼睛望向鄰旁的第二株，原來也是棗樹，因為先前他說得遠，沒細緻觀察到，只大約看到是兩株樹吧了。這是從「宏觀」到「微觀」的觀察，也是從遠景到近景的觀察，如同電影的拍攝技巧：一個「全景」的鏡頭（wide shot）到個別的「特寫」鏡頭（close up），這樣的運算，有如鏡頭的流轉和運用。

要我們留意甚麼呢？就是留意在散文中一步步寫來——那每一個夜景中的角色（棗樹、天上的星星、臉也發白的月亮、地上的小粉紅花、小青蟲等等），這些角色，都是有所象徵的。而最大的象徵，就是這個秋夜，更要它來比喻和象徵作者心目中的黑暗勢力。

大家不妨在選段中看看作者筆下的天空：他彷彿要離開人間而去，使人們仰面不再看見。然而現在卻非常之藍，閃閃地䀹着幾十個星星的眼，冷眼。從中我們感覺到作者的夜空是寄寓了惡魔的形象，而另一方面，棗樹落盡了葉子只餘椏枝的實景，這些樹枝又鐵似地直刺着天空，直刺着鬼眏眼的天空，是惡勢力遇上了不甘受制的樹枝，那椏枝似乎一意要制天空的死命似的。選段中寫天空摧殘花草，而棗樹則與天空作不妥協的戰鬥，這個秋夜，真是不一樣的秋夜。

魯迅的〈秋夜〉是一篇象徵黑暗勢力籠罩社會現實的文章。

〈秋夜〉的棗樹與小青蟲

魯迅的散文：〈秋夜〉，本屬散文常寫的雜感，但這一篇的寫法卻很獨特，不直抒胸臆，反而用上了象徵手法：表面上書寫晚上秋夜所見的一景一物，但細味其中的景物，不難體會到作者意有所指。但那不是指某一景物的比與興（比興手法），而是通篇表面上寫晚上的景物，實質上景物是用來象徵某事某情——是景物實指社會人生，要讀者加以代入、作出聯想，方能明白作品的深意。

是以上一篇引了〈秋夜〉的一半內容，此篇我們再刊出另一半，好文章是要全篇讀畢的：

秋夜（選段）　魯迅

哇的一聲，夜遊的惡鳥飛過了。

我忽而聽到夜半的笑聲，吃吃地，似乎不願意驚動睡着的人，然而四圍的空氣都應和着笑。夜半，沒有別的人，我即刻聽出這聲音就在我嘴裏，我也即刻被這笑聲所驅逐，回進自己的房。燈火的帶子也即刻被我旋高了。

後窗的玻璃上丁丁地響，還有許多小飛蟲亂撞。不多久，幾個進來了，許是從窗紙的破孔進來的。他們一進來，又在玻璃的燈罩上撞得丁丁地響。一個從上面撞進去了，他於是遇到火，而且我以為這火是真的。兩三個卻休息在燈的紙罩上喘氣。那罩是昨晚新換的罩，雪白的紙，折出波浪紋的疊痕，一角還畫出一枝猩紅色的梔子。

猩紅的梔子開花時，棗樹又要做小粉紅花的夢，青葱地彎成弧形了……我又聽到夜半的笑聲；我趕緊砍斷我的心緒，看那老在白紙罩上的小青蟲，頭大尾小，向日葵子似的，只有半粒小麥那麼大，遍身的顏色蒼翠得可愛，可憐。

我打一個呵欠，點起一支紙煙，噴出煙來，對着燈默默地敬奠這些蒼翠精緻的英雄們。

這個秋夜的各種景物，有和諧的一面，例如：瘦的詩人安慰小粉紅花、棗樹知道小粉紅花和落葉的夢，互相了解、扶持。但與此同時，秋夜中的矛盾卻更見嚴重，例如天空落下的霜推殘野花草、棗樹直刺天空、小青蟲的犧牲等，也許人世間，有同道中人惜惜相親，但更多的是陰森、可怕、無情的敵人，隨時會襲擊你、侵害你；秋夜，表面平靜，但隨時會爆發驚雷，叫人防不勝防。

看秋夜中一景一物的人，很能觀察入微。像看那老在白紙罩上的小青蟲，身上的顏色蒼翠得可愛，可憐。想到我們無力自保的平凡人，在作者心中，也是可愛復可憐。然而，魯迅對這些小青蟲，也是蠻尊敬的，這種尊敬，就如同上篇我們説過棗樹最長最直的幾枝幹子，已默默地鐵似的直刺着奇怪而高的天空！同樣是象徵了對黑暗勢力不妥協地勇於抗拒！魯迅甚至向這些小青蟲致敬，他們的勇敢，就是英雄，他説：「**對着燈默默地敬奠這些蒼翠精緻的英雄們。**」

我們今天學習中文，再不能只會讀一些明晰詳細、直寫心情的文字，也得學習閱讀一些運用象徵手法、意識流手法寫成的文章，這是寫作上千變萬化的技巧，讀過了，就可以把我們對文章的欣賞範圍大大拓寬，像魯迅這篇散文，因為用上了象徵手法，他寫出來就要我們能夠進入他那暗藏象徵的意義上去理解，否則，秋夜只是寫寫古怪的天空、奇怪的棗樹、不知死活的小青蟲，窘着的月亮躲起來、小紅花凍得瑟縮着、繁霜灑在野花草上吧了。

〈秋夜〉，魯迅描繪了當年當日他心目中所強烈感受到的社會現實，那個黑暗勢力主宰着的世界，他心中的話，用上了象徵手法來暗示，我明白了，你明白嗎？

這種象徵手法的散文，因為要讀的人用意內言外去理解，方能明白作者的寄意，也因此被人稱譽為「散文詩」。因其散文，只是形體，實則上，卻有詩的含蓄、濃縮和寄意。

許地山的思想遊戲：人生的歷程

讀許地山的作品，不論散文和小説，都予人很有意義的思想啟發。所謂閱讀理解，不只是文章的表面內容和表面的文意，我們還通過內容探究藏於內容底下的深層意思，這才是真正的去「理解」所「閱讀」的篇章。

真正考核學子對文章的理解能力，單是叫我們明瞭一些較陌生字詞，那只是記憶的考核、語文常識的考核，從文章主旨的角度去考核學子，就是思想的訓練，也是語文理解最重要的環節。

讀通許地山散文中的寓意，有助我們更好地掌握文章作者的傳意藝術、一理通，百理明，有水平的作家，他們的精彩創作，由此可以給我們讀個痛快。我們懂得欣賞作家的作品，理解他們在創作中所寄寓的思想或哲理，從而豐富了我們的人生智慧。

是次介紹許地山一篇佳作，是母親與兒子的故事，在這則小故事裏，我們又會思考甚麼問題？許地山的小品，就是常愛跟我們玩思想的「遊戲」，但這類遊戲很有意義，它叫我們思考人生，認識人生，最終可以為我們當前的人生多一份積極、進取的想法，使我們更能巧妙地為自己安排一個有意義、有思想的生活方向。大家先閱讀許地山的原文：

疲倦的母親　許地山

那邊一個孩子靠近車窗坐着：遠山，近水，一幅一幅，次第嵌入窗戶，射到他底眼中。他手畫着，口中還咿咿呀呀地，唱些沒字曲。

在他身邊坐着一個中年婦人，支着頤（臉頰）瞌睡。孩子轉過臉來，搖了她幾下，說：「媽媽，你看看，外面那座山很像我家門前的呢。」母親舉起頭來，把眼略睜一睜；沒有出聲，又支着頤睡去。

過一會，孩子又搖她，說：「媽媽，『不要睡罷，看睡出病來了。』你且睜一睜眼看看外面八哥和牛打架呢。」母親把眼略略睜開，輕輕打了孩子一下，沒有做聲，又支着頤睡去。

孩子鼓着腮，很不高興。但過一會，他又唱起來了。

「媽媽，聽我唱歌罷。」孩子對着她說了，又搖她幾下。

母親帶着不喜歡的樣子說：「你鬧甚麼？我都見過，都聽過，都知道了；你不知道我很疲乏，不容我歇一下麼？」

孩子說：「我們是一起出來底，怎麼我還頂精神，你就疲乏起來？難道大人不如孩子麼？」

車還在深林平疇之間穿行着。車中底人，除那孩子和一兩個旅客以外，少有不像他母親那麼鼾睡底。

新文學（白話代替文言的五四文學）發展的初期，有些作家愛用「底」代替「的」，許地山用的「底」，大家唸成「的」就可以了！

這篇散文，主角是母親，但也是那個孩子。母與子，深刻地描寫了人生的歷程。

每個人都有那孩子的童心，不斷探索，不斷對外界的事物感到奇異、新鮮，做這母親的，也曾經走過孩童的日子，一樣有探索奇異的心，但經過了漫長的生命歷程，從一個好奇、活潑的孩子，走到了今天變成一個疲憊的母親——創造力已被生活剝蝕、心志也受到現實的磨損，眼前孩子所嚷着的一切，正如她說：「都見過，都聽過，都知道……」

許地山寫出了人生的簡單程式：人生了，人受了苦，人老了！每一個人的人生，都離不開這個生命的程式。

然而，正因如此，我們在生了到老了或死了的中間，可以有一段很好的日子伸展自己的生命活動，為自己的生命賦予一個獨特的意義，也就是說：人生了，人證明了他活過，人死去——在「來」和「去」中間，我們稱之為「活」，不論這「活者」究竟是長是短，但我可以有所作為，證明我曾經燦爛地「活過」，然後才飄然離去！

許地山寫這個母親，疲倦地說：「我很疲乏，不容我歇一下麼？」全車的旅客，大部份都像這位母親一樣，在鼾睡呢！然而這更叫我明白，歇着的人，已是走到近乎盡頭的人生。但在盡頭之前，在好奇的童心之後，這大段的人生路，只要我們努力過，將生命的意義發揮過，這人生，也就沒有白過，也沒有白活了。

許地山自己的一生，其實就演繹了這一個道理，但，不幸的是，他光輝感人的一生，卻在五十九歲那一年，突然結束了，那時，他還未走到那疲倦母親的年月。

不造作不賣弄

曾當文學獎的散文評判，發覺百多篇的文章，大多選擇了寫親情這個素材，而寫這題材的散文，又是比較寫得好的，其他的，泛泛而讀。我們的孩子，在這個時代，忽然都回歸到關懷與愛去了，而家人，就是自己最關心的對象。

寫父親的關懷與愛，而又能真摯地抒發兒子的內心感激之情，恐怕不能不重讀一下五四文學家朱自清寫的那篇〈背影〉了。

散文一開始就先寫了那年家中的困境：祖母死了，父親失業、變賣典質、應付家計，這擔子都落在父親肩上，而文中年輕的我，則要趕返北京念書。

父親要到南京謀事，自己則要回北京，父子便同行。

做兒子的，他也許不是從未曾看過父親的背影，何以特別勾起「我」激勵的親情呢？

我這樣認為：朱自清對於他的父親，並非過去沒有怎樣去關懷他、愛他，相反，該正正是一點一滴地日積月累地深藏着對父親的愛，但都從未將這種愛具體地表現出來，直至這一天，父親送我上火車，在當時家境滲淡的氛圍下，親眼看見父親艱難地爬過火車月台，努力為自己買水果回來，好讓途中我可以吃。這一刻，萬千感慨和久藏心底的感激衝了出來，眼淚便簌簌地流下來了。

散文有一個地方，特別在反省自己：每次見父親跟人家討價還價時，總覺得他說話不大漂亮。又在火車上開口請求茶房的人照應自己，心底總覺父親太迂了。他今天回憶，只是說：

「唉，我現在想想，那時真是太聰明了！」

當時，從心底裏覺得父親太傻了。現在，太聰明的人，原是自己。淚未出來，但心中，開始明白了父親這些傻行為，不就是給予兒子的愛？

從只有感於父親說話不漂亮，並沒有體會到這個父親細摯的親情。直到他的父親走過月台，朱自清才從他的背影明白到父親一生的無言奉獻！

然而，整篇散文，最關鍵性的一段，不是抒情的「那時真是太聰明了」的反省和歉疚，而是父親堅持要買幾個橘子給我，親自穿過鐵路到那邊月台，跳下去又爬上去……

這一段具體的描寫，才是這〈背影〉有千鈞之力的敍述，這一段文字，不造作，不賣弄，用最簡練樸實的語言來寫，沒有比喻，沒有修飾，也不見甚麼渲染和烘托。

背影（選段）　朱自清

我看見他戴着黑布小帽，穿着黑布大馬褂，深青布棉袍，蹣跚地走到鐵道邊，慢慢探身下去，尚不大難。可是他穿過鐵道，要爬上那邊月台，就不容易了。他用兩手攀着上面，兩腳再向上縮；他肥胖的身子向左微傾，顯出努力的樣子，這時我看見他的背影，我的淚很快地流下來了。我趕緊拭乾了淚。怕他看見，也怕別人看見。我再向外看時，他已抱了朱紅的橘子往回走了。過鐵道時，他先將橘子散放在地上，自己慢慢爬下，再抱起橘子走。到這邊時，我趕緊去攙他。他和我走到車上，將橘子一股腦兒放在我的皮大衣上。於是撲撲衣上的泥土，心裏很輕鬆似的。過一會兒說：「我走了，到那邊來信！」我望着他走出去。他走了幾步，回過頭看見我，說：「進去吧，裏邊沒人。」等他的背影混入來來往往的人裏，再找不着了，我便進來坐下，我的眼淚又來了。

〈背影〉是具體描敘的典範

散文也好，小說也好，寫的基本功在於具體細節的描寫能力，只有在這種能力掌握到手，我們寫散文、小說，才能見人，才能及格。

朱自清這篇〈背影〉，是具體描寫的經典作品，裏面寫得最精彩的段落，就是寫父親去買橘子那一小段：他穿的是甚麼衣服，如何走到鐵道邊，又如何穿過鐵道，怎樣爬上月台——兩手攀着上面，兩腳再向上縮，當時的樣子怎樣，表情怎樣等等。

寫法是平易的白描法，很真實，如同攝影，有怎樣就寫怎樣，絕不渲染、誇張，這都是平凡而日常的生活實景，沒有甚麼顯眼的情景，更沒有吸引人的情節，這都是平日我們並不留意的景象，但〈背影〉的背影來自這位父親，而這位父親的一舉一動，做兒子的全神貫注地看着：他怎樣「蹣跚」走到鐵道邊，怎樣「兩手攀着」，兩腳再向上「縮」，又怎樣把肥胖的身子向左微傾，又顯出怎樣努力的樣子……

朱自清一筆一筆描述出來，這個父親，年紀這麼大，他努力地做着一些他並不太勝任的工作，而這些動作（工作），作為父親，他其實並不必要去做的，但也因為他作為父親，對他兒子的關心愛顧，他心甘情願努力去完成，做了之後，他感到很開心很快樂（文中朱自清說父親心裏很輕鬆似的），這就是父親的安心，對兒子的深深愛護，而受苦，就讓父親去受！

這種父子之間的愛與關懷，是純粹出發於內心感情，而不是可以用物質金錢可以衡量的，重讀這篇散文，讓我們這一代的孩子都能明白：父愛，在過去的世代（你可說是舊式父親表達對下一代的愛），愛是較含蓄，不似今天，父母抱着孩子，天天喃喃不休，爸爸愛你呵，媽媽愛你呵！

當然，告訴他們我愛他們，沒有問題，但切勿「太膩」，膩了，兒子們不懂珍惜，身在愛中不知愛。不珍惜愛，很不幸，會變成愛適足以溺之，變成了「溺愛」，被溺愛或「過寵」的愛，都不是愛的真諦啊。

再返回這篇散文的表達技巧上，就是作者成功地選用一種具體細膩的描述手法，把父親一次為他買橘子的真實場景捕捉了下來——傳神地記敘了他所見到父親的舉止，這是我們生活中最普通日常的事，朱自清也用了最普通平常的字句寫出來，沒經過美化，修飾，強化手段，只娓娓記述，裏面你完全找不到甚麼華麗的文采，也沒有甚麼宏偉的結構，這就是背景的本色。

學習寫作，小說家常常教導我們：先學習描敘吧！老老實實地把你看到的東西，有條有理的記下來，具體描敘，如同白描一樣，你做到嗎？

沈從文他有一本「大書」

坊間論述沈從文的其人其文，多不勝數，都各有見地，讀過沈從文的作品，我由心底裏欣賞和讚嘆：他才是最值得取得諾貝爾文學獎的中國作家！

重讀從文，也讀了有關他的一生，深深感受到憂患的時代，也深深明白一個憂患的作家，一個善良正直的作家，他最大的發聲竟是他的沉默，然而他留下的文字，畢竟也說了他想說的話，再沒有人可以任意誤解他吧！

他說：

照我思索，能理解「我」；照我思索，可認識「人」。

這是沈從文自題的「墓地題辭」，後來的人想了解他，這個「墓地題辭」該是最好的索引。

我嘗試從他的作品去認識他，他愛從鄉村的天地發掘人性的樸質、人情的溫純。我們所嚮往的現代文明，在沈從文筆下，都不斷在排斥樸質及溫純，使美麗的人生變成不幸的命運，使人孤獨、哀傷、不幸。

從文寫作風格的從容、寧靜之中，沉澱着一種叫人神往的獨特魅力；就是在古樸、簡潔、沉厚、傳神的文字中讓人默默地感受他要傾吐的心理內容，為他書寫的情境所感染而漸漸共鳴，一個作家的文字，竟然有着這樣的一種魅力，這就是沈從文了。

在他的自傳中，他常常提到他有一本「大書」，那本自然與社會人事的「大書」，賦予他的個性，也熔鑄了他的理想，而有關「水」的人生經驗，更是沈從文寫作風格的來源。

有關「水」，在他自傳中的一篇文章——〈我的寫作和水的關係〉，可見端倪。現引錄其中一小段，大家且從他從容恬淡的敍述中，感受一下他文字的獨特魅力。

我的寫作和水的關係（選段）

沈從文

年紀六歲七歲時節，私塾在我看來實在是個最無意思的地方。我不能忍受那個逼窄的天地，無論如何總得想出方法到學校以外的日光下去生活。大六月裏與一些同街比鄰的壞小子，把書籃用草標各作下了一個記號，擱在本街土地堂的木偶身背後，就灑着手與他們到城外去，鑽入高可及身的禾林裏，捕捉禾穗上的蚱蜢，雖肩背為烈日所烤炙，也毫不在意。耳朵中只聽到各處蚱蜢振翅的聲音，全個心思只顧去追逐那種綠色黃色跳躍伶便的小生物。到後看看所得來的東西已盡夠一頓午餐了。方到河灘邊去洗濯，拾些乾草枯枝，用野火來燒烤蚱蜢，把這些東西當飯吃。直到這些小生物完全吃盡後，大家於是脫光了身子，用大石壓着衣褲，各自從懸崖高處向河水中躍去。就這樣泡在河水裏，一直到晚方回家去，挨一頓不可避免的痛打。有時正在綠油油禾田中活動，有時正泡在水裏，六月裏照例的行雨來了，大的雨點夾着嚇人的霹靂同時來到，各人匆匆忙忙逃到路坎旁廢碾坊下或大樹下去躲避。雨落得久一點，一時不能停止，我必一面望着河面的水泡，或樹枝上反光的葉片，想起許多事情。

「現實」與「夢中」的翠翠

沈從文的寫作經驗自述，很值得我們借鏡，即使我們沒法做到他的寫作實踐，認識他的寫作秘密，也是一件樂事。

是的，寫是一種秘密，世界一流文壇高手，總有他們寫的哲學，他怎樣構思題材，怎樣筆走龍蛇，寫出這麼叫人驚嘆的高級作品來？

喜歡寫作的朋友，總有一番說法。若能為初學寫作、熱衷步上寫作的朋友提點意見，總是有建設性的事。

你道一代文學家沈從文怎樣展示他寫的秘訣呢？他說：「必須把『現實』和『夢中』兩種成份混合。」

他所說的現實，就是社會人生種種的人與事，當然也包括了沈從文在他的鄉村社會和他那個時代環境中的種種生活，沈從文的生活經驗，一方面是中國歷史縱線發展出來的社會文化元素種種，另一方面又是在他個人生活中親身經驗、體驗和認識的新文化元素，包括了其時在社會轉型中所呈現的新面貌、新思維。

好了，沈從文的「夢」，我們又該怎樣理解呢？那應該是很個人很主觀的感情和人生思維吧！

這個「夢」是作者的內涵要件之所寄。

在現實所「記」的客觀人事往來中，沈從文的「夢」不乏「象徵」，是他小說中不能將之分割、分離或孤立的。

他最叫人感動的小說《邊城》，可以深入體會他所說的「夢」，因為這個內涵的思維和審美的理想，充滿了沈從文的象徵。

在「現實」中，他寫了湘西民族的歷史、命運，寫了一個人生經驗的歷練，但他也放上了沈從文的「夢」，那是他在愛情情節中內涵了他人的理想、人的「夢」——自己支配命運，自己獨嘗孤獨。

說是《邊城》中的翠翠隱忍着痛楚的心，不如說這就是沈從文在自己內涵中的「夢」——他深藏內心的血和淚，他對時代、生命、人性有一種莊重的象徵！他彷彿在問我們：這人性的莊嚴，我看見了，你看見嗎？

早期的沈從文，最能叫我們仔細品味他這種寫的藝術，那就是怎樣的「沈從文現象」和怎樣的「沈從文的夢」！

年少時讀沈從文的小說，從《邊城》到《蕭蕭》，他不停地將鄉村樸素的人情與生活告訴我們，似在訴說如同五四精神所標示的舊社會病態，然而，我們卻讀不到小說中我們感受的血和淚，我知道了，沈從文所書寫的現實果然跟其他五四時代小說家所寫不同，他的「鄉下人」不是魯迅筆下的鄉下人，所以沈從文從不用鞭撻這種鄉下的「落後」與「愚昧」，反之他給我們的感覺，是農村所擁有的一點正直、樸素的人情美，面臨侵蝕、面向消失！他對此，慨乎言之，用沉默穆靜的尊重，發出了他的頌讚和逆行，他感到孤獨，但無從呼喊，這種樸素的鄉村的人情美，將往何處了？

明白到沈從文寫的自由，明白他的現實中所寫的夢，就已明白文藝中的寄意，是和他認識的「現實」融為一體的。

所以讀到《邊城》，小說中的美，是鄉村美、人情美、樸素美，但再往下後，卻是孤獨、沉鬱、悲痛、寂寞，前面是茫茫的一片，你道翠翠這人物的構想，是「現實」中歷史人生社會中的翠翠，恐怕也是「夢」裏沈從文追憶樸素生命、堅執個人孤獨的翠翠！

魔鬼夜訪錢鍾書先生：轟炸人類的墮落

用魔鬼來比喻錢鍾書在文學上的地位，那是說他的學問深不可測，用一位朋友林沛理的說法：「就像披在他身上一件薄如蟬翼的風衣，他着上健步如飛地來去自如。」

〈魔鬼夜訪錢鍾書先生〉這篇散文，堪稱千古奇文。文中借一位深夜來訪的不速之客——魔鬼，一位並不猙獰可怖的魔鬼，向錢鍾書細談文學、藝術、人性、人生、價值觀，表面上說話漫不經意，但思索箇中深意，卻有取之不竭的人生智慧在，叫人不得不驚嘆他的洞悉力、這確然只有「魔鬼」才可以擁有的見地。

錢鍾書借來這一位「魔鬼先生」，把他自己最精彩的台辭都寫了給他，使得這魔鬼比上帝更能看透這個世界。

林沛理說：「魔鬼在文中所說的話，是對藝術、文化、社會以至人類文明進行了地毯式的全面轟炸。」特別的一句：「人類徹底的墮落」，是魔鬼的話，但叫人無從反駁。

魔鬼夜訪錢鍾書先生（選段）

錢鍾書

他說：「你頗有逐客之意，是不是？我是該去了，我忘了夜是你們一般人休息的時間。我們今天談得很暢，我還要跟你解釋幾句，你說我參預戰爭，那真是冤枉。我脾氣和平，頂反對用武力，相信條約可以解決一切，譬如浮士德跟我歃血為盟，訂立出賣靈魂的契約，雙方何等斯文！我當初也是個好勇狠鬥的人，而自從謀反不遂，貶出天堂，聽了我參謀的勸告，悟到角力不如角智。從此以後把誘惑來代替爭鬥。你知道，我是做靈魂生意的。人類的靈魂一部份由上帝挑去，此外全歸我。誰料這幾十年來，生意清淡得只好喝陰風。一向人類靈魂有好壞之分。好的歸上帝存，壞的由我負責。到了十九世紀中葉，忽然來了個大變動。除了極少數外，人類幾乎全無靈魂。」

沒有靈魂的人類，果是只有魔鬼才能看得如此清楚透明吧！

批評現實世界的筆墨，錢鍾書在《寫在人生邊上》這本小書、比比可尋，而更難得的是，作者並不冗長地解說，而是用上最精簡的概括，上面針砭人的墮落，借魔鬼之口，一切盡在不言中，何用細論？

富於思辨，所以不宜在尖刻冷峻之間，忘記了鞭撻現實的原意，因為這本小書，並不是在閒暇時光中叫人撲通一笑的幽默。

上面那句話：「幾乎全無靈魂」這六個字，絕對是暮鼓晨鐘，而且聲音響亮而悲壯！〈魔鬼夜訪錢鍾書先生〉，當然是《寫在人生邊上》這本書中最燦爛奪目的一篇了。連同其他九篇，我衷心向讀者推薦，此小書值得一讀再讀。最後，謹借此書〈序〉中的幾句話作結：

人生據說是一部大書。

假使人生真是這樣，那末，我們一大半的作者只能算是書評家，具有書評家的本領，無須看得幾頁書，議論早已發了一大堆，書評一篇可以寫完繳卷。

但是，世界上還有一種人。他們覺得看書的目的，並不是為了寫批評或介紹。他們有一種文明人的懶惰，那就是從容，使他們不慌不忙的瀏覽。每到有甚麼意見，他們隨時在書邊的空白上註幾個字，或者寫一個問號，像中國書上的眉批，外國書裏的 Marginalia。這種零星的隨感，並不是他們對於這本書整個的結論。因為是隨時批識，中間也許前後矛盾、說話過火，他們也懶得去理會。反正是消遣，不像書評家負有領導讀者教訓作者的大使命。誰耐煩做那些事呢？

錢鍾書的運筆：驚喜處處

《寫在人生邊上》的散文和《圍城》這本小說，裏面可以學習的寫作修辭及詞性變異等各種技巧，可謂五花八門，這正正告訴我們：寫作就是一種運用文字的藝術，如果文字寫來平淡乏味，文學作品的欣賞度定必大打折扣，錢先生作品中的運筆，處處顯現他個人獨有的心思構思，語言運用上可謂驚喜處處，叫人拜服。

一、適當的歐化

「我曾在火炕上坐了三天三夜，屁股還是像窗外的冬夜，深黑地冷。」（〈魔鬼夜訪錢鍾書先生〉）

這裏看到錢先生並不反對運用恰當的歐化文句，「深黑地冷」不形容「屁股」，也不用來形容「冬夜」，而放在「屁股」和「冬夜」後面，以一個副詞「深黑地冷」來結合屁股在冬夜的一併感覺。

再舉一個例：

「這個世界畢竟是人類主宰管領的。人的聲音勝過一切。聚合了大自然的萬千喉舌，抵不上兩個人同時說話的喧嘩，至少從第三者的耳朵聽來。」（〈一個偏見〉）

錢先生中英佳絕，他深明英語中一些句法，用於中文現代語體文中，更能將中文句子的優美和傳情達意表現出來，這句子中用上英文中的「至少」句子，放在最後來傳達，可謂別有語言運用的韻致。

二、排句的妙用

「你清早起來，只要把窗幕拉過一邊，你就知道窗外有甚麼東西在招呼着你，是雪、是霧、是雨，還是好太陽，決定要不要開窗子。」（〈窗〉）

「洗一個澡，看一朵花，吃一頓飯，假使你覺得快活，並非全因為澡洗得乾淨，花開得好，或者菜合你口味，主要因為你心上沒有掛礙，輕鬆的靈魂可以專注肉體的感覺，來欣賞，來審定。」（〈論快樂〉）

「他只恨自己是個文人，並且不惜費話、費力、費時、費紙來證明他不願意做文人，不滿意做文人。」（〈論文人〉）

排句，不論排開的詞還是短句，這種最基本的修辭，他老人家也照樣用之，可見可以幫助他文字的流暢與清明，他是樂於運用的，而不會刻意去「賣怪」，英雄也有尋常面，不是嗎？

三、刻意改動

「承你老人家半夜暗臨，蓬華生黑，十分榮幸！」（〈魔鬼夜訪錢鍾書先生〉）

「蓬蓽生黑」到了這裏，錢先生為了配合魔鬼生活的習性，把「輝」更改為「黑」，便更能把迎迓魔鬼的語言生動化起來，這些成語改動，是刻意的，也是神來之筆的，用得貼當，而非濫用，在錢先生充滿「刺」的幽默文字中。可說別有風格的一種寫法。

四、文言的運用

「高地耶在《奇人志》裏曾說，商人財主，當害奇病，名曰詩症，病原如是：財主偶而打開兒子的書桌抽屜，看見一堆寫滿了字的白紙，既非簿記，又非帳目，每行第一字大寫，末一字不到底；細加研究，知是詩稿，因此怒衝腦頂，氣破胸脯，深恨家門不幸，出此不肖逆子，神經頓呈變態。」（〈論文人〉）

這裏不少句子，用文言寫出，原意出於法國作家的《奇人志》，引其原文之意，不少用精簡淺白的文言寫出來，別有一番引述大意的簡妙，錢先生下筆用句，確是盡見心思，達到了他每一篇文章都有的獨特風格。

錢鍾書的刺

錢鍾書寫作時，為了修辭上的需要，運用了不少語言的變異手法，使得他文章中要刻畫的文字，給人一種新鮮、獨特、強烈的感受，這種變異了的語言，效果非常突出，用於長篇小說《圍城》中，使裏面的人物和情節，寫得更見傳神，下面引錄的片段，可以有一個欣賞上的概括，舉其一斑，已可見全面的非凡了。

小說《圍城》中有此一小段：

「兩親家見過面，彼此請過客，往來拜訪過，心裏還交換過鄙視。誰也不滿意誰，方家恨孫家簡慢，孫家厭方家陳腐，雙方背後都嫌對方不闊。」

「鄙視」此一常用的動詞，這裏將之變異為名詞用，成為「交換」這一動詞的賓語，即是說本來可以寫成「心裏彼此鄙視對方」，但錢先生覺得如此寫法，句子不夠新鮮，也沒有強而有力的諷刺，他寫成「心裏還交換過鄙視」，跟上面「請過客」和「拜訪過」

一併來用，效果也卓然不凡了。

《圍城》另有一小段這樣寫：

「歐洲的局勢急轉直下，日本人因此在兩大租界裏一天天的放肆。後來跟中國『並肩作戰』的英美兩國，那時候只想保守中立；中既不中，立也根本立不住，結果這『中立』變成只求在中國有個立足之地，此外全盤讓給日本人。」

「中立」一詞是合成詞，不能拆開來用，但在小說寫作中，錢先生特意將之拆為二字，說「中既不中，立也根本立不住」。這種使語言、把文字寫得多趣味，而這樣寫來，叫人強烈地感受一種嘲諷，這是一種有力的調侃，增加作者諷世的強度。

除了詞性的變異外，錢先生的妙句，往往是從原底的成語中變化出來的，這可說是一種畫龍點睛手法：化通常為特別，把平平凡凡的文句賦予新的語序，產生了全新的效果，甚至是完全相反的意思，叫人先錯愕，繼而拜服，例如：

「鴻漸道：『給你說得結婚那麼可怕，真是眾叛親離了。』辛楣笑道：『不是眾叛親離，是你們自己離親叛眾。』」

這可見錢先生對中國常用的成語有着深刻的透析，也深明個別成語中的字詞可以有很多有趣的組合，心思細密的人，自有心得，正如我們常用屢敗屢戰以鼓舞戰鬥的毅力，但也懂得用屢戰屢敗以說明戰敗的宿命悲哀！

寫幽默寓諷刺，錢先生也愛用反話，且看這段（見〈談教訓〉）：

「老實說，假道學比真道學更為難能可貴。自己有了道德而來教訓他人，那有甚麼稀奇；沒有道德而也能以道德教人，這才見得本領。有學問能教書，不過見得有學問；沒有學問而偏能教書，好比無本錢的生意，那就是藝術了。真道學家來提倡道德，只像店家來替自己存貨登廣告，不免自誇之譏；惟有無道德的人來講道學，方見得大公無私，樂道人善，愈證明道德的偉大。」

這裏把違背常識的反語說得振振有詞，表明的邏輯理得有層有次，但得出一個叫人驚奇的結論，這明明是歪論，但卻是很合理的反話，把愛教訓別人的假道德家和真道德家一併損起來，而且損得左右逢源，叫人不能回應！

錢先生的刺，來自他智慧的人生體驗加上藝術的語言。

張愛玲蒼涼的散文

朋友評張愛玲，深得我心，他說：

張愛玲小說令我們「明白了一件事的內情，與一個人的內心的曲折」。無疑，張愛玲，愛她文字和文中思維的人實在不少，但作為一個作家，她確然只此一家，別無分店，她的寫作，可說全是個性和自我的表現，但誰不自戀、自誇和自大呢？問題是這位作家，她做到別人做不到的是，將自戀、自誇、自大提升為一門精緻的藝術（借用林沛理語）。

張愛玲難怪賺得這麼多有識之士的激賞，原因就是人們愛她的才華，她的自吹自擂跟她的自嘲，把讀她作品的人看得呆了！

文壇奇女子，這五個字太庸俗了，這個奇，俗不可耐，她寫的，是人生的蒼涼！她的人生，有着深沉的體驗，我試在她的散文集《流言》中選一段這樣的文章，來讓大家讀讀，終於找到一篇寫得很短的作品，那是名為〈愛〉的小品散文，你且靜下來，讀一下這篇張愛玲的散文〈愛〉吧！然後你會永遠記得張愛玲姓名中的愛字，就是這篇散文的題目，這篇〈愛〉想寫甚麼呢？

愛（選段）　張愛玲

是春天的晚上，她立在後門口，手扶着桃樹。她記得她穿的是一件月白的衫子。對門住的年輕人同她見過面，可是從來沒有打過招呼的，他走了過來。離得不遠，站定了，輕輕的說了一聲：「噢，你也在這裏嗎？」她沒有說甚麼，他也沒有再說甚麼，站了一會，各自走開了。

……

於千萬人之中遇見你所遇見的人，於千萬年之中，時間的無涯的荒野裏，沒有早一步，也沒有晚一步，剛巧趕上了，那也沒有別的話可說，惟有輕輕地問一聲：「噢，你也在這裏嗎？」

散文一開始，主人翁出來，是一個村莊小康之家生得美的女孩子。

張愛玲只用了很少的文字來素描了這個女孩子：「春天的晚上。她立在後門口，手扶着桃樹……她穿的是一件月白的衫子。」

月白的衫子，給人樸素、純潔感覺。

張愛玲寫這個後門的對門住了一個年輕人，上面的敍述，不就是兩人站着對望，欲說沒說的氣氛嗎？

年輕人跟她見過面，可是卻從來沒有打過招呼，這次張愛玲寫：「他走了過來。離得不遠，站定了，輕輕的說了一聲：『噢，你也在這裏嗎？』」然後，又這樣寫：「她沒有說甚麼，他也沒有再說甚麼，站了一會，各自走開了。」

跟着，散文的末段說後來女的被親眷拐子賣到別處作妾，轉賣，寫了她所遭遇的無情現實！而且，作者上一段文字，寫兩人在門口，年輕人說了一句話，然後各自走開，張愛玲說，就這樣他們的話就是這一句，兩人「就這樣就完了」。好一句「就這樣就完了」！女孩的命運也就是這句話，就這樣這個「生得美」的樸素女孩也就完了？

這篇文，最叫人感受到張愛玲內心世界的無奈和蒼涼，年輕人那句閒話：「噢，你也在這裏嗎？」大家相對默然，人生就飛快奔逝，而且變幻無常，命運你永遠猜不到，是失之交臂吧？

無端的蒼涼感：她的人情世情

張愛玲童年讀的書是舊式家庭私塾教育，中學就讀美國人開辦的女子中學（這所教會學校，有數理語文各科的課程），然後，她有三年在香港大學，接觸過西方文化、歷史、文學。上面這些教育背景，對認識張愛玲文章（包括散文、小說、戲劇）有着不可忽視的影響，她的散文集《流言》，可說是她正式創作的開始，這就是說，她離開香港大學後，才開始正式踏入創作的人生路程，涉足文壇。

我們今天打開的散文全集，細心欣賞張愛玲散文的「張看」風格。包括她對人生的體驗、觀感、偏愛以及她的審美趣味、文化內蘊、文化觸覺等等，當能明白上面所述的不同階段教育，對她有着深厚的薰陶。

當然，影響張愛玲蒼涼格局的成長經驗——所見所聞所感所愛的家庭和社會，使她在具體的環境中聚合了感情上的冷漠和疏離，形成了「張看」透視人情世情所特有的深度！

這種個人真性情，流露無遺，遂形成張愛玲散文中獨有的蒼涼感。我們可以説這是一個「瀟灑而蒼涼的手勢」！在張愛玲散文中隨處可見她洞悉世情的感知，及孤獨蒼涼的深刻。

當然，《流言》散文中，我們還讀到她的機智、靈巧、尖鋭、狡黠的行文，她寫所見所聞所感，而更重要的，是她的有「所悟」，她的「所悟」是她獨有個性的真情一家！也因為她的見識及才氣，使她的見地，成為有與別不同、敢於不同的獨特視角！

她甚至可以自嘲：惡俗不堪的「張愛玲」這個名字，她也不願更改。她我行我素，最清楚自己的「真正的自己」！

下面的一篇散文選段，可説寫了她「無端的蒼涼」來，一個人如果她的故事不是充滿了悲哀與無奈，又怎可以對「夜營的喇叭」有着這麼的淒涼的懼怕？

夜營的喇叭（選段）　張愛玲

晚上十點鐘，我在燈下看書，離家不遠的軍營裏的喇叭吹起了熟悉的調子。幾個簡單的音階，緩緩的上去又下來，在這鼎沸的大城市裏難得有這樣的簡單的心。

……

我說：「啊，又吹起來了。」可是這一次不知為甚麼，聲音極低，絕細的一絲，幾次斷了又連上。這一次我也不問我姑姑聽得見聽不見了。我疑心根本沒有甚麼喇叭，只是我自己聽覺上的回憶罷了。於淒涼之外還感到恐懼。

汪曾祺，沈從文弟子：回憶老師教他寫寫寫

人們談汪曾祺，愛贈上「雜家」之譽。所謂汪氏的「雜」，是指他散文所寫及的素材駁雜多姿：從大學生活的回憶到花草蟲魚的描述，又從美食小吃寫到作家與作品，有自己生平憶舊也有故人思念，此是他的生活小品，內容既「入俗」又能「脫俗」，可說是汪曾祺他底人生的自我詮釋、自我品嘗。

我們翻讀他的散文，當能讀到一種生活的獨特生趣與美，在尋常中品嘗生活的味道。他有一篇散文寫有關香港的樹木，全篇寫法很是尋常不過，但閱畢回想，不難感受到他筆下那種自然流動的清淺美感。

這就是汪曾祺的散文。

汪氏回憶沈從文先生在西南聯大的教學片段，你道他怎樣寫沈從文？他說沈從文教寫作、創作，從不靠「講」！甚麼「小說作家」、「人物肖像描寫」、「結構的方式種類」，

在從文來說，都屬誤人子弟的。沈從文的教法主要是讓學生自己去寫。

很明顯，他重視修練、習作、實習！

通過作業，去講論學生寫的得失。換言之，「講」是在「寫」了之後，有了學生的作業，才有「得」與「失」之「可言」和「可論」！單由教授先去講一番「寫的哲學」，然後由學生照樣去描去畫，是行不通的！

汪曾祺回憶老師有這樣的一段文字：

沈從文是不贊成命題作文的，學生想寫甚麼就寫甚麼。但有時在課堂上也出兩個題目。沈先生出的題目都非常具體。我記得他曾給我的上一班同學出過一個題目：「我們的小庭院有甚麼」，有幾個同學就這個題目寫了相當不錯的散文，都發表了。他給比我低一班的同學曾出過一個題目：「記一間屋子裏的空氣」！我的那一班出過些甚麼題目，我倒不記得了。沈先生為甚麼出這樣的題目？他認為：先得學會車零件，然後才能學組裝。我覺得先做一些這樣的片段的習作，是有好處的，這可以鍛煉基本功。現在有些青年文學愛好者，往往一上來就寫大作品，篇幅很長，而功力不夠，原因就在零件車得少了。（選錄自汪曾祺《翠湖心影》）

汪曾祺讀沈從文的小說《蕭蕭》，特別留意到老師寫這個鄉下「童養媳」蕭蕭這個人物，他不會用作家跳出人物在外面透視人物，他的寫法是讓筆下的人物真實地自行活着，他只這樣寫：「蕭蕭十五歲時已高如成人，心卻還是一顆糊糊塗塗的心。」

汪曾祺寫沈從文的語言，又愛引用下列這些句子：

「薄暮的空氣極其溫柔，微風搖蕩大氣中，有稻草香味，有爛熟了的山果氣味，有甲蟲類氣味，有泥土氣味。」

汪曾祺常常跟人談起沈從文，又常常笑說自己是沈從文的「得意高徒」！如果大家想讀汪曾祺的小說究竟有幾多沈從文的影子？恐怕不能不翻閱他寫的高郵水鄉了。

沈從文重視語言，他教學生所開列出的寫作題目，不就有一個這樣的題目：

「記一間屋子裏的空氣」。

寫空氣，或氛圍，你有怎樣的語言手法？真考功夫吧！但畢竟修練多了，自有風格。

汪曾祺是沈從文的弟子，請問，你又是誰的弟子？

金庸：琢磨和尋思、思想和考慮

金庸先生以一個「講故事人」的自白，將自己寫武俠小說的一些想法，坦白說出來，我們作為他的粉絲——他的讀者（武俠小說愛好者），自然樂於聽他的話、思考他話中的智慧。在舊文學雜誌中尋得他寫過的那一篇自白，讀之，仍然覺得很有啟發性，這篇自白，刊於《海光文藝》一九六六年四月號。我特選其中最重要的一段刊載如下：

一個「講故事人」的自白（選段）　金庸

我以為小說主要是刻畫一些人物，講一個故事，描寫某種環境和氣氛。小說本身雖然不可避免的會表達作者的思想，但作者不必故意將人物、故事、背景去遷就某種思想和政策。

我以為武俠小說和京劇、評彈、舞蹈、音樂等等相同，主要作用是求賞心悅目，或是悅耳動聽。武俠小說畢竟沒有多大藝術價值，如果一定要提得高一點來說，那是求表達一種感情，刻畫一種個性，描寫人的生活或是生命，和政治思想、宗教意識，科學上的正誤、道德上的是非等等，不必要求統一或關聯。藝術主要是求美，求感動人，其目的既非宣揚真理，也不是分辨是非。藝術並不是「不道德的」，而是「非道德的」。

《紅樓夢》中的賈寶玉既愛上了林黛玉，卻對薛寶釵、史湘雲，以至襲人、晴雯、紫鵑、妙玉、芳官等等都有情意，和秦鍾、蔣玉菡更有同性戀的意味，我們實不必去研究賈寶玉的做法是否合乎道德，更不能說一個男人愛幾個女子便是「好萊塢式」。莎劇《麥克白》的主角弒君篡位，希臘悲劇《伊迪帕斯王》主角殺父娶母，從道德來說，不忠不孝之極，但在藝術上，我們卻感到了驚心動魄的人性之激盪。古來巨大的文學作品，無不如此。《水滸傳》中的英雄殺人、放火、偷雞、偷錢、開黑店、吃人肉，都不能用尋常的道德標準來加以衡量。宋江最後受招安而去征伐農民起義軍，以佟碩之兄的標準來看，那當然是革命叛徒，投降主義者，罪大惡極自遠過李秀成，那麼《水滸傳》也就不值一文錢了。

金庸說「武俠小說畢竟沒有多大藝術價值」，這話說來只是表示一點謙虛，他老人家封筆後便用心修改自己寫過的每一部小說，足以證明他是何等着緊自己的作品，修訂作品是他對自己作品的一種肯定。

文中（自白）對於我們青年朋友寫作，尤其是寫故事、寫人物，有很具體的指引。他說藝術並不是「不道德的」，而是「非道德的」，他舉出《紅樓夢》、莎士比亞劇作《馬克白》、希臘悲劇《伊迪帕斯王》、《水滸傳》這些文學作品為例，說明文學創作的世界是廣闊無邊的，實不能為一種思想、一種道德或一種政治而服務，將文藝變成一種「道德教育」而不容許有違道德的內容出現，那將是對文學的一種束縛和限制，他提出「非道德」的觀點，也就是說他認為文學無所謂道德不道德，而是超越了道德的層面。

讀金庸的武俠小說，也叫我們特別留意到現代中國文學書寫的學語言。這些語言——可說是今日的漢語（現代漢語），這也是我們今日的中國人，在書面漢語的運用上，要好好學習和掌握的一種用法。

因此，多看這類現代漢語寫成的文學作品，例如，張愛玲、曹雪芹等作家的白話書寫，對我們今日運用的文學書面語，肯定極有幫助。五十年代金庸以白話文來寫武俠小說，比方寫清朝作為時代背景的小說，若用上現代漢語的詞彙，就會很不適合，使語言和時代格格不入，語言脫離了在故事中社會的真實感。

金庸自己說，他寫這部小說時，特別使用了「轉念頭」、「尋思」、「暗自琢磨」等詞語，來代替現代社會常用的「思想」和「考慮」；又用「留神」、「小心」來代替「注意」。

這種追隨不同時代的不同語言，對學習文言時就特別有提點作用了，不是嗎？有古字今字，也有古詞今詞，只要我們多讀一點文言篇章，再審視我們今天常用的現代白話詞彙，我們自然有一個清晰的會通，在閱讀文言文時就更易理解了。

「琢磨」、「尋思」這類漢語詞非常古雅，常在金庸小説中出現，原是用來避開今日我們現代生活中常用的「思想」、「考慮」等詞，但漸漸地，古雅的「琢磨」、「尋思」，今日在我們一些優美的散文家筆下也開始常見了。

余光中：猛虎細嗅薔薇

在我個人閱讀余光中先生散文的經驗，我有着兩個不同的時期。前期，是我對余先生的「邂逅期」，他的散文集《左手的繆思》、《逍遙遊》、《望鄉的牧神》，都叫我驚艷，而他的散文理論，更叫人拜服。一個右手寫詩、左手寫散文的作家，何者主？何者次？竟也粗略地分上一分！

然而，這樣的左右手之分，便叫我個人有了一個很主觀的認定：他的散文，是詩的延續及變奏，散文是他的「詩之餘」，所以，我主觀地也感性地認為他的散文如此講究，也像寫詩般追求散文的字字珠璣！這也是他的散文，寫得特別講究華采的一個時期，正如他說「左手的繆思」，言下之意，也就是如詩一般，也是繆思，分別之處，只是在於用左手執筆：名之為散文而已。

舉作品為例，這時期是我「榮幸識荊」的時期，我拜倒在他美妙、曲折的文學語言的石榴裙下了，而華美的文采，又怎能說他寫的散文不是散文中的詩篇呢？

對了，左手的繆思，是散文中的詩篇，下面引錄的一篇，就選自他那本《左手的繆思》散文集裏，寫的是文章的雄偉和秀美、外向和內向、陽剛與陰柔、男性與女性、蒼鷹與夜鶯，但他卻用上美麗的詩句來闡釋這個文章風格和氣質的道理。這詩句是這樣的："In me the tiger sniffs the rose."（「我心裏有猛虎在細嗅薔薇。」）

下面節錄這篇散文，大家細讀他怎樣用上美麗的詞章，把散文的優美寫法演繹給你看。

猛虎與薔薇（選段）　　余光中

平時為甚麼我們提起一個人，就覺得他是陽剛，而提起另一個人，又覺得他是陰柔呢？這是因為各人心裏的猛虎和薔薇所成的形勢不同。有人的心原是虎穴，穴口的幾朵薔薇免不了猛虎的踐踏；有人的心原是花園，園中的猛虎不免給那一片香潮醉倒。所以前者氣質近於陽剛，而後者氣質近於陰柔。然而踏碎了的薔薇猶能盛開，醉倒了的猛虎有時醒來。所以霸王有時悲歌，弱女有時殺賊；梅村，子山晚作悲涼，薩松在第一次大戰後出版了低調的《心旅》。

「我心裏有猛虎在細嗅薔薇。」人生原是戰場，有猛虎才能在逆流裏立定腳跟，在逆風裏把握方向，做暴風雨中的海燕，做不改顏色的孤星。有猛虎，才能創造慷慨悲歌的英雄事業；涵蔓耿介拔俗的志士胸懷，才能做到孟郊所謂的「一鏡破不改光，蘭死不改香！」同時人生又是幽谷，有薔薇才能獨隱顯幽，體貼入微；有薔薇才能看到蒼蠅控腳，蜘蛛吐絲，才能聽到暮色潛動，春草萌芽，才能做到一沙一世界，一花一天國。在人性的國度裏，一隻真正的猛虎應該能充份地欣賞薔薇，而一朵真正的薔薇也應該能充份地尊敬猛虎；微薔薇，猛虎變成了菲力斯旦；微猛虎，薔薇變成了懦夫。韓黎詩：「受盡了命運那巨棒的痛打，我的頭在流血，但不曾垂下！」華茲華斯詩：「最微小的花朵對於我，能激起非淚水所能表現的深思。」完整的人生應該兼有這兩種至高的境界。一個人到了這種境界，他能動也能靜，能屈也能伸，能微笑也能痛哭，能像二十一世紀人一樣的複雜，也能像亞當夏娃一樣的純真，一句話，他心裏已有猛虎在細嗅薔薇。

在這篇散文裏，要談的就是散文在作家中的氣質和風格，一般人愛說作家的文章風格，不是陰柔便是陽剛，然而余光中卻另有說法，他認為，文學家的作品，既有陽剛處，也有陰柔面！如同猛虎也有細嗅薔薇的時候——猛虎並不一定時刻都在兇猛情態的，因為在人性的國度裏，一隻真正的猛虎也會欣賞薔薇，而一朵真正的薔薇也能充份尊敬猛虎。

作家內心，有時薔薇，有時猛虎，而二者的關係，更出現猛虎細嗅薔薇，何用把作家的文風説死？説成只有死板板的一面？這裏選錄的一段散文，文字的精彩，盡顯無遺。

余光中十年的香港生活，給他換了一套華采再不那麼閃爍的服裝，他在港的十年教學和文學活動的生涯，把他早期的文學書寫中的瑰麗，搖身成幽默、生活、樸質的談吐，我的主觀感覺，是余光中散文的一種轉化和突破，也許是我這個香港人「愛余心切」的一種一廂情願，但每次讀到這兩個不同時期的余光中散文，我的主觀感受，還是很真切而強烈的。

劉以鬯〈窗前〉的歡快

對於寫作，劉以鬯服膺老舍對語言文字的看法，也就是說他要求自己筆下的文字，達到清淺簡練。明乎此，我們在閱讀劉以鬯的作品時，也就更能透視他的寫作風格，而另一方面，劉在他的作品中，很愛探索作品不同的表現形式，他會為每一個不同的作品，訂造一種獨特的寫法，而不愛沿用一種恆久不變的表達方式，這種不同寫作技巧的試驗，也就是我們經常所說的寫作創意了。

他的代表作，自然是長篇小說《酒徒》，然而劉先生對自己的作品，《酒徒》並不是他的最愛，人們問他，哪一部作品是他最感滿意的，他毫不猶疑地說，他最愛是《對倒》。

以下我們閱讀他的一篇散文舊作，目的是，學習這位傑出的作家，怎樣去寫一則篇幅短小而內容充實的散文，同時又用上怎樣的文字和怎樣去選擇寫的手法。

散文一開始，他先來幾句簡單的閒聊：「一隻不知名的小鳥飛來了。這小鳥在我面前兜一個圈，又飛去很遠很遠的地方。現在是十二月。陽光明媚，花架上的花朵很美。」

這一小段開場白，文字清淺，讓我們知道散文中那個人心情很不錯，這種叫人舒泰的氣氛下，為下面他要寫的生活中的故事鋪了一條路、營造了一個獨特的氣氛：在我這樣平靜安寧的生活中，別人卻發生了生活上不能解決的難題。

他開始寫那個別人——一個美麗少女的故事：她沒有唸過書，學費給她的父親換了白粉。她還經常被父親拳打，有一次，她逃入我的房子來。我勸她拿出勇氣去面對現實，她哭了。

跟着，散文的內容就是寫這個「我」，跟那個少女的「她」的簡潔對話，我鼓勵她爭取自己的幸福，而她卻沉默、沉思，但不流淚了。

小故事發展下去，是做父親的要把她賣給一個老頭做填房，她竟嘗試自殺，但不成功，第二天就給父母推上汽車，送去老頭的家。

我嘆氣了，感到結局很叫人氣餒。但，最後，事情竟來了一個意外的結尾，那個我以為是怯弱的她，進老頭門還不足五個鐘頭就逃走了，而且無影無踪，沒有人找到少女的下落。

結尾呼應了開頭，作者這樣寫文章的結尾：

「我放下手裏的筆，抬起頭來時，另一隻不知名的小鳥恰於此時飛來。這小鳥在我面前兜了一個圈，又飛去很遠很遠的地方。我點上第四支香煙，忽然產生了一種愉快的感覺——她會獲得幸福與快樂的，我想。」

窗前（選段）　劉以鬯

窮人為甚麼要挨苦，我說：窮人也有權爭取幸福與快樂。她說：日子過得太苦，一點樂趣也沒有。我說：應該設法爭取。她問：怎樣爭取？我說：只要有決心。她低下頭，陷於無極的沉思。從此，她變得很沉默了，挨了打，也不流淚。

我常常這樣想，如果鞭撻不能使她屈服，她必將活得更堅強。我相信痛苦已教會她如何用沉默去抗議，但是當她的父親將她賣給一個老頭子做填房時，她竟在極度的驚惶中企圖用一條麻繩結束自己的生命了。她沒有死成，第二天一早就被她的父母推上汽車。我是很替她悲哀了，她仍是一個弱者。我有了一些可怕的聯想：被判無期徒刑的囚犯或者跌入陷阱的走獸或者在黑森林中迷路的行腳人或者被送往屠場的肥豬或者折翼的飛禽。誰也不能給她幫助了。我想到那一對雖大而無神的眼睛，因而嘆口氣。

但是這個平淡無奇的故事也有一個意外的結尾：那個出錢購買快樂的老頭子忽然走來要人，堅說這是一個騙局，怯弱的少女進門不足五個鐘頭就逃得無影無踪……故事就是這樣簡短的。這簡短的故事卻不容易忘記。沒有人知道那少女走去甚麼地方，包括她的父親在內。我放下手裏的筆，抬起頭來時，另一隻不知名的小鳥恰於此時飛來。這小鳥在我面前兜一個圈，又飛去很遠很遠的地方。我點上第四支香煙，忽然產生了一種愉快的感覺——她會獲得幸福與快樂的，我想。

劉先生的文學語言，很有文學氛圍，也就是「文學味」了。

〈窗前〉，是一篇將小說精華注入散文體裁的佳作。

本是一個反映社會問題、家庭問題的短篇小說，劉以鬯將之放在一篇小散文之中：從個人在窗前閒坐，把這個社會和家庭的故事，讓它衝進自己平靜的窗前來。他用簡潔概括的語言，素描了整個問題的來龍去脈（用了簡潔的問答、簡單的描述），又表達了作為鄰居住客的個人看法，鼓勵少女積極爭取幸福、反抗不合理的虐待和擺佈。

最後，他聽到了好消息：少女的不幸，很可能是一個合乎人道的結局，最終，少女可以主宰自己的命運。她終於掙脫了魔掌，逃出生天。於是坐在窗前的我，便產生了一種愉快的感覺，我相信她會得到幸福和快樂。在這種心情下，散文也寫完了。

這個故事，寫成小說，自然要有更多的篇幅，寫人物、寫情節、寫對話、寫環境，劉先生這次不用小說的寫法，他選用散文，他用了不少文學的語言，既抒情，也敍述，把一個這麼嚴肅的社會問題故事，化繁為簡，寫成一則很有趣的散文。

本是窗前小憩，他看看飛鳥，賞賞花架上的花兒，抽一兩口煙，但現實生活一些人不幸的故事卻向他走來了，在窗前，他可以把偶然遇上的故事寫在稿子上，然後，故事的發展，幸然並不叫人感到悲哀。因為稿子上的故事，寫到最後，他能感到愉快，因為故事的主人翁會獲得幸福和快樂。

散文的好處，就是可以這樣充滿感情地去寫，把自己融入故事的閱讀之中，好像那發生的事，那些歷程，都有着自己一分的參與。我和故事中的少女，都有一分感情寄寓在散文故事之中。

一日我坐在窗前，也描繪一下我愉快的心情，看看藍天白雲，聽聽鳥兒嚶嚶求友，然後我們把生活中的一件事，在此刻放進這個時空裏，憶想着啊！感受着啊！我會用簡潔的語言敍述了出來，然後，故事要我表達意見，問我如何取捨，這時候，我當然要解答的了。我一解答，便使客觀的事情染上我個人的色彩，我有所寄望，我甚至鼓勵對方，希望人們都堅強、勇敢、無畏、衝破不合理的屏藩，走一條幸福快樂的人生大道。

劉以鬯的散文，寫來充盈文學的語言，讀着的時候，可叫人陶醉！

一些文詞，都很清雅，我稱之為充滿「文學味」，是文學語言就具有文學味——或叫之為「文學氛圍」，下面的文學語言：

「春天很性急，唯恐擠不進來。」

「愛情常常來自時間之霧，闖入我的生命一若夢中天仙。」

「十二月，陽光在這裏毋須穿棉袍。」

「如果鞭撻不能使她屈服，她必將活得更堅強。」

「這簡短的故事卻不容易忘記。」

這篇很有情味的散文，用上一些文學的語言，用這方法來鍛煉你的文章，你筆下的文章，便會一天一天的進步起來的。

小思老師中學時代的作文

對於小思的散文，我們修練中文、要加強寫作能力的同學當然要讀，《承教小記》還有着我們中國優良傳統的文化意識，讀之受益。

今次想介紹一篇小思初中時上國文課所寫的作文，談談小思做初中生的文筆，對照今日的中學生的寫作能力，希望同學明白寫作是怎樣的一回事。

那作文是老師出的題目，名為〈掃墓記〉，是小思讀中學一年級時寫的。

掃墓記　小思

「柳絲拂雨，芍藥籠煙」，不覺又暮春三月節近清明矣。

某日，天清氣爽，余隨家人赴荃灣墳場掃墓，於車輪輾轉間，已達該地矣！

近處青塚纍纍，遠處青山綠水，白雲紅日，土上雜花叢生，蝶舞鳥歌，與繁喧之鬧市，別是一番滋味。

顧香煙裊裊中之碑墳，不覺潸然下淚，憶自年前母病逝後，余若失群之飛雁、無舵之孤舟，遇事惶然失措，雖豐衣足食，惟心靈之創，永無可補矣！

小思掃墓，寫自己當年失母後的傷痛和茫然之情，中間加插了幾句墓地環境的描繪、寫來簡潔，內容集中，她的老師似乎沒有需要動筆刪改，評了一個七十五分，應該屬優秀之作。

當年不少老師任由學子選擇用文言或白話來作文，文言因「文以足言」，所以字數可以少一點，白話要「淺白如話」，篇幅自然長些，句子也要長些才能表達到要講的意思，字數因而比文言文多。

在這裏想說的是，小思選擇了文言文來寫，看來是喜歡上文言句子的典雅和簡潔吧！一開始她就引了詩詞中最愛用的花葉跟煙雨結合的句子：「柳絲拂雨，芍藥籠煙」，添上一種古典優美的氣息。

然後，不少四句美詞，在文筆中不時溜了出來：天清氣爽、車輪輾轉、青塚纍纍、青山綠水，白雲紅日、雜花叢生、蝶舞鳥歌、香煙裊裊、潸然下淚、失群飛雁、無舵之舟、惶然失措、豐衣足食……

於此可見，小思初寫文言文，有她的寫作策略（不要小覷中一生，他們寫作，一樣有他們的寫作手法，名為策略，誰說不宜？）。

而且她的文言，不是選用艱澀的詞語和句法，用詞近乎成語，泰半耳熟能詳的那一種，而句法也是文言中慣常用的類型，淺近而不繁複，這都是寫淺白文言文的最佳配搭。

文言並不可怕，以後大家遇上文言文，多留意用詞及構句，自能摸到寫文言和讀文的門徑，一些長篇文言，參詳白話語譯來讀，更加可以幫助你克服較繁複的句構，如此，文言的典雅和簡潔，你也可以懂得欣賞了。

欣賞黃霑的文字能力

對青年學子談中文能力，介紹黃霑，特別談到他的《不文集》，恐怕未必對學子應付文憑試有所幫助。不過，黃霑中文能力極強，單看他為無綫電視劇集所填的歌詞，你不能不由衷拜服。

仔細分析他寫的歌詞，你會發覺歌詞中的文學修辭相當講究，至於他寫的專欄雜文，則另闢蹊徑，揮灑自如，用最短的篇幅表現自我、發表見解，往往沒有一個冗詞，說完收筆，止於其應止之地，值得寫作者借鏡。

他最後出版的一本雜文集，更是想說就敢說，從不遮掩己見，那年收到他的贈書，我已經有了這個結論。

有一年編《博益月刊》，特別為他作了一個專訪，題為〈像黃霑這樣的一個男人〉，從此與他建立了交情，那時還勸他有空多寫一點文學性的散文，誰知他說：「我反而想寫論文，論〈滿江紅〉一詞並非岳飛所填，給你的《博益月刊》發表。」他那爽朗的笑聲，如在昨日。

黃霑若要文學起來，也是可以很文學的，手頭有剪報一則，是他在專欄中寫得最有文學味道的一篇小品了：題為〈聽秋風〉，讀之再拿來宋朝歐陽修的古文〈秋聲賦〉拜讀，真有異曲同工之妙。

年輕學子要中文寫得好，除了議論要寫得有條有理之外，也得掌握描寫能力，描寫又不能全然素描，否則會因為太靜態而變得呆板，我們且讀讀黃霑怎寫風聲，看他怎樣由靜而動：

「聲聲都有新意。一下過了，等第二下過來，也不知這聲音會在甚麼時候才再響。大自然的音樂，漫不經意，也不能捉摸，正在等得納悶，呼的一聲，風又再起。空氣中流過餘音，反覆低迴，像夜裏有精靈在林中嘆息。」

以下有一小段，跟〈秋聲賦〉中「金鐵皆鳴，自遠而至」的寫法很相像：「夜漸深，風更急，聲嗚嗚然狂鳴不止。像千軍萬馬，自遠而來。窗玻璃不知如何，忽然也受了感應，竟也發聲相和。」

文章最末一段引風入屋，更是生動傳神之至。

讀多了精心炮製的文章，到你寫文章時，文采自然有如秋風穿房入室，攢了進來，到運筆時颯颯有力。

聽秋風（選段）

黃霑

聲聲都有新意。一下過了，等第二下過來，也不知這聲音會在甚麼時候才再響。大自然的音樂，漫不經意，也不能捉摸，正在等得納悶，呼的一聲，風又再起。空氣中流過餘音，反覆低迴，像夜裏有精靈在林中嘆息。

然後一切復歸沉寂，只有樹葉，還在輕輕的搖一兩下簌簌，點綴着風過後的平靜。

風遠風近，風大風小，味道完全不同。

此際我在兼收並蓄，遠近大小，全部韻味都收注心頭。

夜漸深，風更急，聲嗚嗚然狂鳴不止。像千軍萬馬，自遠而來。窗玻璃不知如何，忽然也受了感應，竟也發聲相和。

不要辜負了亦舒的苦心

寫專欄雜文，一寫就三十多年，是以很多朋友都要我寫一下我的寫文經驗，好讓新一代可以多寫一點，不隨意荒棄了我們的中文。

事實是，今日的年輕一代，是比從前多寫了，至少在網上、手提電話上，每天都在寫，跟朋友聊個不休，雖云這些文字，大大乖離了我們傳統上的寫作：不只錯別字多，而且網上用語、符號、潮語，多不勝數，這些文字，純屬「私己」貨，不登大雅之堂。他日可用於高中文憑試中文卷？具有中學或大學中文水平嗎？

偶見一些有心人，眼見網絡流行，思憶起往日舉辦過的徵文比賽、寫作比賽等活動，也開始構想網上小說創作比賽，徵求最精短的網上佳作，或者網上廣告口號比賽。時代不同，寫作的花樣也多變，以網絡鼓勵寫作，應該是好事一宗。

曾有電視台在情人節主辦一個「情人節愛情精句比賽」，記憶中有一個參賽者的作品這樣寫：如果我可以將英文字母 ABCD 重新排列的話，我會將「Y」排在「I」後面，而且緊貼着。

我（I）和你（Y），不疏離，緊貼雙依！情人節何等溫馨纏綿？

時至今日，我的傳媒寫作，已轉到劇本創作的路上去了，不過，要我在修練中文上野人獻曝的話，我還是老話一句：多寫！閱讀之後而不勤寫，最終還是無功於寫。然而，多寫，寫甚麼呢？網上的隨意書寫？廣告文句的恣意創作？小說故事的文字巧妙安排？都好，都有用，但我認為更有助於我們他日考高中試和入大學後打理功課，最好是掌握寫作雜文的能力。

今天報上仍有不少副刊專欄，內容繁雜多姿，有寫生活話題，有寫人生指南，有寫思想分享，有寫城市新知，不妨天天瀏覽之，並進而每天也當自己是其中一分子，在自己的書寫簿（可以在自己的臉書裏）上開一個框框，成為專欄作者，實行每天「賣文」——寫出自己所思所感所見所聞！日子久了，你的雜文寫作能力，就在旁邊你的文友們（其他報上的專欄人）的相互拍跳（如同馬兒互相拍跳，提高了寫的技巧）下成長，相信你的短文寫作能力會與日俱增。

日子久了，你又再換上另一批專欄作者「拍跳」，而你寫的短文多了，竟可以結集成「書」，此際，你的雜文必有底子，可以行走江湖了，這點我可以肯定。

今天且將亦舒小姐的報上專欄選上我最愛的一篇〈辜負〉。亦舒寫的小説，文字大抵都很通暢、很好，但很多人忘記了亦舒的雜文其實更加不乏佳作，內容多寫人情世故，經驗豐富而極有啟發性，當前香港人的通識、人情與愛心，非比昔日。今天論析亦舒的雜文，絕對是最佳時候了。

辜負　亦舒

時常在公眾場所見到這種人。四五十歲年紀，頭髮微禿了，神情疲倦，衣着陳舊，搓面孔、挖鼻孔、抖腿、攤開馬經、用紅筆圈注、打呵欠、見到婦孺亦不讓座、雙目半瞌……

真不能想像，曾經一度，他也是一個小小奶娃，一日七餐，由母親哺育，真不可思議，如此猥瑣、平凡、不堪的成年人，曾經一度，也做過一團粉似寶寶，他父母於他將來，許亦有過無限憧憬，緊緊擁抱時，也曾呢喃：寶寶快高長大，孝順大人，勤力讀書……

他辜負了父母。

這還不是悲劇，人家辜負了誰還真是人家的事。

真正叫人淒酸的是，我亦辜負了父母，我們統統由可愛、細小的安琪兒，長大、淪落，成為庸俗粗糙自私的成年人。

這是人類可悲的命運：小小的腳一旦穿上鞋子，就得開始踏上漫漫人生路，沾了紅塵，欲罷不能，愈來愈醜陋、麻木、疲倦。

人人辜負人人。

龍應台的文章構思

龍應台每次演講，其實是寫了一篇一篇的好文章，是歡喜寫作的朋友的最佳讀物，如果這些朋友要把文章學寫得更好、更有影響力的話。今天，我想談談龍應台寫的秘密，對於這個作者，我談她，不因為她曾貴為台灣的文化部長。而是因為她的文章，有一套寫的策略，值得我們學習。

早在一九八五年，龍應台早就出了一本叫《野火集》的文集，議論滔滔，飲譽台灣文壇！下面選了《野火集》一書中一段小序，從序之中，大家也就明白她的文章，議論台灣社會不忘痛下針砭，加上文章簡潔有力，文字活潑流暢，讀者一讀，感應即來，不可能無動於中。

《野火集》序（選段）　龍應台

可是，《野火集》並沒有甚麼了不起，這只是一個社會批評，一個不戴面具、不裹糖衣的社會批評。一般作者比較小心的守着中國的人生哲學：「得饒人處且饒人」、「退一步海闊天空」、「溫良恭儉讓」等等，寫出來的批評就比較客氣緩和，或者點到為止。談教育缺失之前，最好先說「三十年來台灣教育突飛猛進」。指責行政錯誤之前，先要婉轉地說，「三十年來，安和樂利，國泰民安，執政黨英明……」。行文中間不能忘記強調自己愛國愛鄉愛人愛民的堅定立場，強調自己雖然批評，卻不是惡意攻訐，「別有用心」；最後，還要解釋「良藥苦口」，請大家「包涵包涵」。

這就是一個四平八穩、溫柔敦厚的批評，不傷和氣，不損自尊，不招怨恨。《野火集》卻很苦很猛，因為我不喜歡糖衣，更不耐煩戴着面具看事情、談問題。習慣甜食的人覺得《野火集》難以下嚥；對糖衣厭煩的人卻覺得它重重的苦味清新振奮。

有了這一段話（她自己的序），也就不必由我再引她的評論文章來說明了，反正她寫的書，大家在書店都可以買得到。不過，今天我談龍應台，倒不是要大家去寫辛辣的批評議論，要大家去大膽地針砭時弊，而是想說：學習龍應台在寫作下筆之前，構思好寫的策略——也就是說：決定有甚麼東西，可構成這篇文章的內容。

如果分析龍應台的文章，你會發覺她寫文章有她的文章「必殺技」，比方：

一、她很注意文章的題目：各位同學的寫作未必有機會自擬題目，大多由考官命題，不過且通過龍教授的擬題，看看她怎樣重視一個文章的題目，從中我們也許會學得如何點題，如何呼應題目吧。

打開《野火集》，駭人的題目如：〈中國人，你為甚麼不生氣〉、〈美國不是我們的家〉、〈幼稚園大學〉、〈不信人間耳盡聾〉，這些題目，差不多是一種評論了。

二、她擅長用故事方式表達她的見解，在我的印象中她不少文章都是故事式的爭議性評論，一些人在競選首長時，也不忘用一些故事來訴說自己的政見或競選大綱，例如說自己家貧，要串塑膠花，用以爭取基層選民的擁戴。

三、專選取爭議性的話題和觀點：不拾人牙慧，選爭議性觀點來總結眾人的見解。

四、藝術加工，為角色分忠奸：把故事情節作適量的誇大，以吸引他人聽下去、看下去的趣味性，用角色分配（典型性）使敘述更有人氣人味，誰忠誰奸，使人有追故事看下場的耐性。

感性駕馭理性：寫議論，講究理性，但在寫的過程中，可用感性駕馭理性，使感染力更強更具影響力。

二

古典散文及詩詞

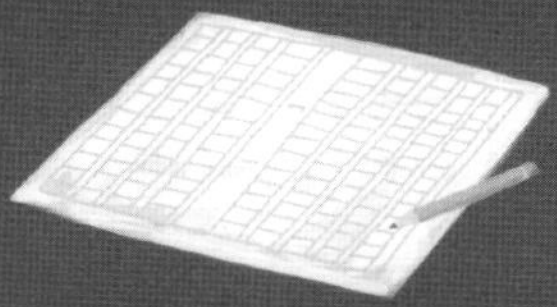

讀《左傳》跟〈燭之武退秦師〉學文言試寫

對文言文多一分親切感，則應付文言的閱讀理解就不會太困難。也因此，我建議讓學子試寫一些簡單的文言句式。

記得〈燭之武退秦師〉（見《左傳》）裏面，鄭國君主請燭之武見秦君，游説秦國退兵，兩人的對話簡潔有力：

燭之武拒絕説秦的話：「臣之壯也，猶不如人；今老矣，無能為也已。」

鄭國君主的話：「吾不能早用子，今急而求子，是寡人之過也。然鄭亡，子亦有不利焉。」

讀過這篇文章，應先背誦全文：從京城危急，到急謀尋覓説客，從燭之武赴秦營，游説秦君，最終秦答應與鄭人盟，然後晉國亦退兵。全文條理分明，縷述了外交家燭之武的智慧：把握了秦晉的矛盾，也催化了秦晉的分裂。這一席話，朗誦起來，鏗鏘而理足，實文言作品之上乘佳篇。

試寫的文言句式，就在燭之武推辭出使秦國的幾句話：「臣在壯年的時候，還及不上別人；而今老了，更加是不中用的了。」我們要求學子用這一句式來推卻人家的請求，事情和理由可以改動，但卻必須用文言來説，比方這樣作：「吾在職時，猶未能助汝一臂，今已卸任，無能為也矣！」

這類小小寫作，實有助增長學子對文言文的感情和認識。

猶記民國時期編印過一些小學國文讀本，課文內容都是用文言寫成。現在舉簡短的課文為例，讀之可見當時對文言之重視：讀本當年是小學程度，今日這些文言文則已變成中學水平矣。

讀書

學生入校，先生曰：汝來何事？學生曰：奉父母之命，來此讀書。先生曰：善。人不讀書，不能成人。

燕子

燕子，汝又來乎。舊巢破，不可居，銜泥銜草，重築新巢。燕子，待汝巢成，吾當賀汝。

文彥博

文彥博少時，與群兒擊毬，毬忽躍入樹穴，群兒謀取之，穴深不能得。彥博以盆取水，灌入穴中，毬遂浮出。

今天的中文老師，宜應精選一些中學文言散文及詩詞作品，由淺入深，每學期都有一定篇章，讓學子熟讀。不是説笑，這些文章，都屬國文教育也。

我最愛的《論語》篇章

那年大學，有次在農圃道新亞書院的圓亭草坪上遇上牟宗三教授，他見到我禮貌地在他身邊輕輕走過，並向他鞠躬致意時，竟對我說：你在《新亞雙周刊》談朱光潛書信那篇文章寫得不錯！一聽，即時心跳，竟不懂得怎樣回應老師，胡亂地說：謝謝，謝謝。

對於自己尊敬的人，心裏常有一種敬怕，是由敬而生怕，好像是自己胸無半點墨遇上明師，心裏有一千個慚愧似的，我沒資格做他的學生！更加沒資格站在他面前，跟他討論甚麼，請益甚麼，只能唯唯諾諾，就像一個傻子般！

我愛他教《論語》，但他在「中國哲學史」一課上，就只選了《論語》中的論仁來闡述儒家哲學，有很多《論語》的篇章，實在很想聽他的發揮，牟老師對中國的哲學文本常有與別不同的精彩發揮，但他這種天馬行空的高見，我最能在他講魏晉六朝的玄學裏及在《歷史哲學》的人物志中得到滿足。

聽他的課，是一種享受。

自己在家中讀《論語》，我很愛裏面的兩則，一則是最簡單而精練的人生概括：

子在川上　《論語》

子在川上曰：逝者如斯夫，不舍晝夜。

孔子這兩句話，表面上平平無奇，好像是誰也知道的事實，不是嗎？眼前滔滔江水，不息地流湧而前，後浪推着前浪，無分晝夜，無分年月，一直流瀉，直至地老天荒。

很多人愛「大江東去」這四個字，也許「大江東去」也具有上面孔子那兩句話的哲理，但孔子的話，裏面卻深藏着一種對人生無常的感慨，而且還有對人生的永恆而無盡的偉大有一種透徹的體悟在！

這一刻，子在川上，望着滔滔向前流的江水而感悟，說出：

「要過去的，就這樣一去不回啊！不分日與夜！」

很多人都説過，這一番話，沒説出來的道理，都藏在裏面哩！咸認這是《論語》中最重要的哲學話語！

因為在草坪上遇上牟老師，也因為對我説過一句很有鼓勵作用的話，我終身不忘，而且在《論語》中讀到一則孔子的兒子遇上孔子，父親孔子給兒子（孔伯魚）説過兩句話，而做兒子的也只有唯唯諾諾的應着，使我覺得很有趣，不是嗎？嚴師如嚴父，叫人既敬又怕，那有現在的父子、師生般促膝長談的無拘無束呢？那則《論語》是這樣記錄的，請看：

陳亢問伯魚　《論語》

陳亢問於伯魚曰：「子亦有異聞乎？」對曰：「未也。嘗獨立，鯉趨而過庭。曰：『學詩乎？』對曰：『未也。』『不學詩，無以言。』鯉退而學詩。他日又獨立，鯉趨而過庭。曰：『學禮乎？』對曰：『未也。』『不學禮，無以立。』鯉退而學禮。聞斯二者。」

陳亢退而喜曰：「問一得三，聞詩，聞禮，又聞君子之遠其子也。」

孔子的兒子伯魚，又名鯉。阿鯉和陳亢一同在孔子門下讀書。

這位陳亢也真有趣，有一次忽發奇想，竟想知道孔子有沒有對自己的兒子傳授甚麼特別的學問，他問阿鯉：

「老師有教你一些沒有跟我們講過的東西嗎？」

阿鯉說：「沒有啊。不過曾經有一次他一個人站在庭院裏，見我走過，只問：讀了《詩》麼？我答：沒有。他說：不讀《詩》，沒法寫作啊！我出來後就讀了《詩》。」

「有次他又一個人站在庭院中，見我走過又問：讀了《禮》麼？我答：沒有。他又說：不讀《禮》，不會知道規矩啊！我出來後就讀了《禮》啊！」

「他單獨對我說過的話就只有這兩次了。」

陳亢聽了，很高興地說：「我問一個問題，卻得到三個收穫：知道應該學《詩》，知道應該學《禮》，還知道高尚的人，不會特殊去照顧自己的兒子！」

「遠其子」，真不容易語譯孔子此語的精髓，總不能說君子要遠遠地躲開兒子吧？遠者，保持一定的距離，以免「親疏有別」，要教兒子的道理，一樣要教給學生，教育不分親疏，道理天下一致，這才是真正的公平教育。陳亢從阿鯉跟他談話的內容中，更加了解自己的老師，這一則《論語》，很有趣喲！

莊子的「同夢覺」——夢蝶

《南華經》裏面「鼓盆而歌」的故事可見莊子的「一生死」的人生觀——把「生」和「死」同一視之，世人不必「愛生」而「厭死」，把「死」看作是何等不幸的事，人生的「哀」莫大於死！

莊子這個生死觀，不是叫人「無情」，而是要人人都明白，由生到死，是自然不過的事，毋須大悲大哀，而能明白生死是自然規律——世間萬物無不如此，就不會到人要離世的一刻，倍添無盡的傷悲了。

這是莊子的「齊物論」思想：「生」與「死」，同一視之，謂之「生死」；「夢」與「覺」，同一視之，謂之「同夢覺」；「大」與「小」，同一視之，謂之「齊大小」；「壽」與「夭」，同一視之，謂之「等壽夭」。齊物之意，就在這裏了。

莊子這一思想，把人類的客觀世界中事物的差別，全然視之為一種虛幻的理念，這樣一來，我們便可以破除「我」的執着，也就不容易為外物所繫，達至人的逍遙之遊，能保有真我了。

「鼓盆而歌」的故事，說莊子最先是為妻子的離去而傷懷，但經過細想之後，他就不再悲痛，因為他明白生命有如四季，生命也有始有終，生來了，從無而有；人去了，如花開然後到花落一樣，是必然的過程，從大自然來，也向大自然而回去，人生，簡單若此。

以下選讀「莊周夢蝴蝶」的故事，且看他怎樣把「夢」與「覺」同一視之吧。夢與覺的同一化，也就是「虛幻」與「真實」的同一化，「真實」與「虛幻」其實是融在一起，「實」即是「虛」，「虛」即是「實」了。

莊周夢蝴蝶　《莊子內篇・齊物論》

昔者莊周夢為蝴蝶，栩栩然蝴蝶也，自喻適志與！不知周也。俄然覺，則蘧蘧然周也。不知周之夢為蝴蝶與、蝴蝶之夢為周與？周與蝴蝶，則必有分矣？此之謂物化。

【語譯】

從前，莊周夢見自己是一隻蝴蝶，翩翩地飛舞感到非常的快意！不知道自己是莊周。一會兒突然醒來了，很驚疑自己竟然是莊周。不知是莊周夢成了蝴蝶，還是蝴蝶夢成了莊周？莊周與蝴蝶，應該有所區別吧？這就叫做「人和蝶的同化了」。

此一短文中：「栩栩然」是翩翩起舞。「與」，即今天的「歟」字，助語詞。「俄然」，突然。「蘧蘧然」，驚疑的樣子。「必有分」，一定有區別吧？這句是存疑語氣，非肯定語！「物化」，指物的融化，而非是人變了物的物化，人和蝴蝶融化為一，莊周可能是蝶，蝶也可能是莊周。

通過這個莊周夢蝶的小故事，莊子把他哲學思想中的「天地與我並生，萬物與我為一」的道理，具體地闡明了：世間的一切，都可以同一視之，這就是他的「齊物論」。

故事中，在夢中，他是蝴蝶，醒來，他是莊周，但他究竟該是蝶呢？還是人（莊周）呢？文中說：不知莊周夢為蝴蝶呢？還是蝴蝶夢為莊周呢？哪個是真，哪個是假？誰是真，誰是幻？誰是夢，誰是覺？都成為疑問，難以分辨了。

因此，「同夢覺」這一故事，就是用來說出他對人生的看法：人生如夢，夢如人生，你做夢，你的人生何嘗不是夢一場！實不必把人生看得太執着，如同你不會把自己的夢看得太認真一樣。

當然，人生如追夢，人畢竟在世上要尋找夢想，要追夢！但追尋夢想也不用過於執拗，努力過就是了，誓要把不可能變成可能，那也就不能達至莊周「同夢覺」的境界了。

〈莊周夢蝴蝶〉是莊子《齊物論》中最後一則的文章，好物沉歸底，是以不能不讀也。

諸葛亮的〈出師表〉

重翻少年時讀過的一些文言經典散文，竟然頓生無窮的喜悅：一種親切的感覺，再加上朗讀時體會到散文裏面精彩的結構，和聲音中的抑揚有致，還有那種很多文言散文（古文）特有的節奏，叫人手捧而誦，不能自休。

手頭上是諸葛亮的〈出師表〉一文。諸葛孔明是劉備軍師，幫助劉備在四川建立蜀漢，是蜀的丞相，三國魏蜀吳爭雄，諸葛亮是重要的一個人物，他可說是大政治家、軍事家。

有讀《三國演義》這部章回小說，肯定對孔明不會陌生，我小學時也親口唸過一首童謠式的「順口溜」，裏面其實說的也是《三國演義》中的故事：

「孔明借東風，一借就成功，曹操帶兵走，關公截路口，截到曹操冇地走，走入屎坑口，屎坑口打大風，唔走正龜公。」

當然，《三國演義》這是本歷史小說，裏面有很多虛構的情節，而且小說作者帶了個人觀點和立場撰寫，對歷史人物都有個人憎愛的感情，不一定忠於歷史。我們讀蘇東坡的〈念奴嬌．赤壁懷古〉，也知道東坡在詞中推崇的赤壁英雄，是周瑜而非諸葛亮。周是武將，也許特別得到蘇東坡的垂青，而赤壁之戰，領軍抗曹的，確然是周瑜，他該膺第一號英雄之銜，但《三國演義》卻能夠突出主要的英雄人物是孔明，以至今日我們都覺得孔明才是第一號的了不起人物，可見文學，特別是小說的影響力了。

因此，了解三國正史，當然要讀陳壽的《三國志》，而不能盡信小說家言吧。

有古文選本說孔明撰有〈前出師表〉，又有〈後出師表〉，但據《三國志》、《文選》及《古文辭類纂》等書，都不見有〈後出師表〉一文，可能是偽作，或是出於小說家手筆也不定，所以我們只說〈出師表〉好了。

出師表（上）　諸葛亮

先帝創業未半，而中道崩殂；今天下三分，益州疲弊，此誠危急存亡之秋也！然侍衛之臣，不懈於內；忠志之士，忘身於外者，蓋追先帝之殊遇，欲報之於陛下也。誠宜開張聖聽，以光先帝遺德，恢弘志士之氣；不宜妄自菲薄，引喻失義，以塞忠諫之路也。

宮中、府中，俱為一體；陟罰臧否，不宜異同。若有作姦、犯科，及為忠善者，宜付有司，論其刑賞，以昭陛下平明之治；不宜偏私，使內外異法也。

【語譯】

先帝所致力的復興大業，還沒有完成一半，他就中途逝世了。現在天下分裂成三國，我們的益州又這樣貧弱，這真是危急存亡的關頭！可是如今侍衛的大臣在朝廷裏仍然勤勞有為，忠勇的將士在國防上仍然奮不顧身，這是因為他們追念先帝的恩惠，準備向陛下報答。

在這種情形下，陛下真應該多聽取他們的意見，來顯揚先帝的遺愛，鼓舞忠臣志士們的勇氣；不要看輕自己，並用些不適當的譬喻，拒絕他們的善意批評。

不論宮裏或是丞相府、將軍府裏，都是一體的；賞善罰惡，不應該有不同的標準。如有做了壞事干犯法律的人，和做了好事忠於國家的人，都應交給主管機關，依法分別懲獎，藉此把陛下公平清明的政治昭示天下；不可存有偏見私心，使內外有兩種不同的法制。

親賢臣，遠小人

出師表（中）　諸葛亮

侍中、侍郎郭攸之、費禕、董允等；此皆良實，志慮忠純，是以先帝簡拔以遺陛下。愚以為宮中之事，事無大小，悉以咨之，然後施行，必能裨補闕漏，有所廣益。將軍向寵，性行淑均，曉暢軍事，試用於昔日，先帝稱之曰「能」，是以眾議舉寵為督。愚以為營中之事，悉以咨之，必能使行陣和睦，優劣得所。

親賢臣，遠小人，此先漢所以興隆也；親小人，遠賢臣，此後漢所以傾頹也。先帝在時，每與臣論此事，未嘗不嘆息痛恨於桓、靈也！侍中、尚書、長史、參軍，此悉貞良死節之臣，願陛下親之、信之，則漢室之隆，可計日而待也。

【語譯】

侍中郭攸之、費禕、侍郎董允等，都是善良誠實的人，有忠貞的氣節和純正的思維，所以先帝才選拔留給陛下。我認為宮裏大小事體，都問問他們再辦，一定能避免遺漏和錯誤，得到很大益處的。

向寵這位將軍，性格和善，品行端正，長於軍事，以前試用的時候，先帝說他很能幹，所以大家推舉他做都督。我認為軍政方面的事情，都和他商量，一定能使軍隊裏和睦，無論好的壞的，都能安排得當。

親近賢臣，遠離小人，這是先漢興盛的原因；親近小人，遠離賢臣，這是後漢崩潰的原因。先帝在世時，每次和我談論到這件事，都對桓帝靈帝嘆息痛恨！侍中、尚書、長史、參軍，這都是些忠貞賢良的大臣，願陛下親近他們，信任他們，那麼，漢朝復興的日子，就可以很快地到來。

〈出師表〉是諸葛亮率軍北伐曹魏，動身前，冀在蜀都的主公劉禪，諄諄忠告的奏章。這既不是賀表，也非謝表，都是做臣子向主公申明一己之立場和意見，傾出個人心願，坦白表達自己感情的至情之作。古典文學中，這是一篇別具情懷的奏章，而且回顧歷代散文，也別有特定；裏面表明忠心効主之心，不乏誠摯而具體的建議，而全文最為後世動容的，恐怕就是感謝先帝之恩遇，表明自己臨危受命，不敢怠惰之心！

我們在上面的原文中，讀到孔明對劉禪的「教路」；「宜」怎麼樣，「不宜」怎麼樣，而且他特別講到政治上他的獨特看法：不宜偏私於宮裏的人，不宜刑賞不公平！這是諸葛亮治蜀的「法治」精神。至於一些有才能的人，他甚至把他們的名字也說了出來，希望並不聰明的劉禪，可以「按圖索驥」一一重用下去！

引文的第二小段：「親賢臣，遠小人！」這是孔明給劉禪最大的錦囊妙計，也是後世中國政治最大智慧上的總結。孔明讀史，對政治上最大的啟迪也在於此：我們今天讀諸葛先生遺留後世的嘉言懿行，除了他個人叱吒風雲的三國軼事外，這六個字：「親賢臣，遠小人！」怎不叫人瞿然以驚！諸葛先生的智慧，對政治得失的高見，從這六個字，可以參悟通透了吧！

朋友兼大學同事，曾用這六個字出了一個燈謎，對香港一條街的街名：謎底就是「興漢道」，因為「親賢臣，遠小人」，此先「漢」所以「興」隆也，興漢之道，也就是要分清楚忠臣與奸臣啊！問題是：歷代昏君，既是昏君，自然是「親奸臣」而「遠忠臣」啦！哀哉！

臨表涕零，不知所云

以臣子身份撰表，為自己遠行出征而交代治國之道，諸葛亮這篇文章，千古誦讀，足以感動歷朝萬千中國人的心。

細讀全文，孔明的「報國」，也就是「報先帝」，亦即是「忠陛下」，在帝制時代，他的選擇並沒有考慮個人利害，只講道義，責任，恩情！劉備、劉禪、孔明，兩代君臣，有二十一載的歷史，〈出師表〉申明光復漢室的大業，孔明手下其時勇將已老，孔明自己亦非昔日盛時，但天職是復漢，這是先帝遺願，但自己能成就此一大任，功成而回？恐怕他也難知，但他清楚明白：帶兵出征，自己便不能兼顧朝廷，那番忐忑不安心情，在〈出師表〉中深深藏潛着。

文中更叫人在閱讀時，在孔明書中的千叮萬囑中的憂心忡忡：怕劉禪不曉自謀，不會諮諏善道、察納雅言，蜀漢的命運，似乎未可樂觀！

然而，這一憂患感，斷不能改變歷史的發展潮流，孔明自赤壁之戰後，助劉備打下江山，然後白帝城受託，時至今日，就只餘下：「興復漢室，還於舊都」未竟其功。因此，出師是遲早的事，〈出師表〉這篇千古一文，是諸葛亮的心結，也就流傳萬世，讓後人唏噓憑弔！

以下引錄〈出師表〉最後部份，讀到孔明自述得先帝之恩遇而夙夜憂嘆，不敢或怠，獻上一生功業就為自己這位「亦主亦友」的劉玄德鞠躬盡瘁，因此「臨表涕零，不知所云！」此番心情，讀此文者應有同聲一哭之感吧！

出師表（下）　諸葛亮

臣本布衣，躬耕於南陽，茍存性命於亂世，不求聞達於諸侯。先帝不以臣卑鄙，猥自枉屈，三顧臣於草廬之中，諮臣以當世之事；由是感激，遂許先帝以驅馳。後值傾覆，受任於敗軍之際，奉命於危難之間，爾來二十有一年矣。先帝知臣謹慎，故臨崩寄臣以大事也。受命以來，夙夜憂嘆，恐託付不效，以傷先帝之明。故五月渡瀘，深入不毛。今南方已定，兵甲已足，當獎帥三軍，北定中原，庶竭駑鈍，攘除奸凶，興復漢室，還於舊都。此臣所以報先帝而忠陛下之職分也。至於斟酌損益，進盡忠言，則攸之、禕、允之任也。

願陛下託臣以討賊興復之效；不效，則治臣之罪，以告先帝之靈。若無興德之言，則責攸之、禕、允等之慢，以彰其咎。陛下亦宜自謀，以諮諏善道，察納雅言，深追先帝遺詔。臣不勝受恩感激。今當遠離，臨表涕零，不知所云！

【語譯】

我本來是個平民，在南陽地方耕種為生，但求在亂世中能保全性命，不想到各地諸侯那裏求取功名。誰知先帝不嫌我低微鄙陋，竟然親自降低身份，先後三次到我的草舍裏來訪我，問我對於時局的意見，因此我非常感激，應允先帝願為國事奔走。後來正當大局逆轉，我奉命任職，是在我軍戰敗、情勢萬分危急的時候，到現在已經是二十一年了。先帝知道我謹慎小心，因此臨終時託付我主持國家大事。受命以來，日夜憂慮，恐怕先帝託付我的事，我辦不出成效來，辜負了他聖明的遺意。所以五月間我帶兵渡過瀘水，深入到蠻荒地帶。現在南方已經平定，武器裝備也已充足，應該鼓舞軍隊的士氣，領兵北上，平定中原，竭盡我薄弱的力量，掃滅造反叛亂的篡逆，以光復漢室，回到我們的舊時首都。這是我報答先帝和盡忠陛下所應盡的職分。至於施政上應興應革的決策，和盡力提供忠誠的建議，那就是攸之、禕、允，他們這些人的任務了。

我希望陛下把討賊和光復的責任託付給我，倘若我不盡責的話，請給我嚴正的處分，好祭告先帝的亡靈。如果政治上沒有忠言貢獻，就斥責攸之、禕、允等人的疏忽，明白指出他們的過失。陛下也應該自己多作考慮，訪問尋求良好的辦法，注意採納正當的建議，深切回想先帝的遺訓。我受了陛下的大恩，萬分感激；現在就要和陛下遠別，寫這篇表的時候，不由得掉下了眼淚，自己也不知道說了一些甚麼！

王羲之的文學代表作〈蘭亭集序〉

「東床坦腹」的故事，反映出一代書法家王羲之在東晉那個很講究個人才性氣質的世代怎樣表現他的自我。一句話，文士注重個人和「我」的相處：特別是在眾人目光下，我和自我的相處置於第一位，他人看法，則不值一哂！更不會受他人擺佈，看他人面色。我們可以說，六朝時代的風流人物，強調的是個人的內心呼喚，慣於我行我素，縱使當時政治黑暗，但他們都愛標榜個人，愛獨來獨往。從《世說新語》一書，我們應該讀到此一獨特的時代人物氣質。

王羲之這類魏晉名士，除了個人的才情盡顯外，還很講個人的嗜愛。那麼，王羲之個人的嗜愛為何？書法當然是他的最愛，但他還好鵝！關於他和他的嗜好鵝，倒有兩則有趣的故事。

其一是他聽聞某地有一位老太太養有一隻叫聲非常悦耳的鵝，於是他找人去接觸老太，想出高價買她這一隻鵝，但老太拒絕了。王羲之便親自出馬，想看看這隻慕名已久的鵝，他去拜訪老太。老太聞說大書法家來訪，便把自己心愛的鵝烹熟來招呼王羲之。結果，見到老太，當然聽不到鵝叫的悅耳聲音！王羲之傷心的程度，可想而知！這是王羲之個人遇上的煮鶴焚琴事，但也充份說明他對鵝有多大的喜愛了！

第二個故事，說王羲之聽聞有一個道士養有好幾隻好看的鵝，於是便急忙去找這位道士。他一見到這些鵝，就非常喜愛，但道士卻不肯賣鵝。在王羲之央求下，道士建議他寫一篇《道德經》來交換，道士的要求，王羲之當然答應，於是，一方取得心愛的鵝，一方換得王羲之珍貴的墨寶。

這兩則故事，是真是假，真難說了，至少，王羲之親筆的〈蘭亭修禊詩集序〉（簡稱〈蘭亭集序〉）有辦可看，但他抄寫的《道德經》，似乎未曾得見哩！

我們讀《世說新語》有關王羲之的故事之餘，實在應該讀一讀他的〈蘭亭集序〉這篇絕世文章，這篇文章，折射出六朝文士的生命觀，大家先從原文作初步的了解。

蘭亭修禊詩集序　王羲之

永和九年，歲在癸丑，暮春之初，會於會稽山陰之蘭亭，修禊事也。群賢畢至，少長咸集。此地有崇山峻嶺，茂林修竹，又有清流激湍，映帶左右。引以為流觴曲水，列坐其次：雖無竹絲管弦之盛，一觴一詠，亦足以暢敍幽情。

是日也，天朗氣清，惠風和暢，仰觀宇宙之大，俯察品類之盛，所以游目騁懷，足以極視聽之娛，信可樂也。

夫人之相與，俯仰一世，或取諸懷抱，晤言一室之內，或因寄所託，放浪形骸之外。雖趣舍萬殊，靜躁不同，當其欣於所遇，暫得於己，快然自足，曾不知老之將至。及其所之既倦，情隨事遷，感慨係之矣！向之所欣，俛仰之間，已為陳跡，猶不能不以之興懷；況修短隨化，終期於盡。古人云：「死生亦大矣。」豈不痛哉！每覽昔人興感之由，若合一契，未嘗不臨文嗟悼，不能喻之於懷。固知一死生為虛誕，齊彭殤為妄作，後之視今，亦猶今之視昔，悲夫！故列敍時人，錄其所述，雖世殊事異，所以興懷，其致一也。後之覽者，亦將有感於斯文。

【語譯】

永和九年，癸丑歲，暮春三月初，為了舉行修禊，在會稽陰山的蘭亭聚會。群賢全到了，年少的年長的都聚集在一起。這地方有高山，有峭峰，有茂密的林子，有長長的竹子，又有湛清的水流，湧現出激湍，水光山色，圍繞在左右。把水引成環曲的小渠，水面放上羽觴讓它漂流，大家依次列坐在渠旁飲酒；雖然沒有琴瑟笛簫奏着音樂助興，可是一會兒飲酒，一會兒吟詩，也盡可以暢暢快快地抒發幽雅的情懷。

這天，天空明朗，空氣清新，吹着溫和的風，令人覺得舒服痛快，仰頭看看，感到天下古今的偉大；低頭看看，感到景物種類的繁盛；把目光任意移動，敞開心懷，遊覽着四周的景致，足以使耳目得到最高的享受，真是快樂。

想到世上的人，一抑一揚地活一輩子，有些把心中抱負，對知友在房內互相傾吐；有些因為找尋寄託心情的所在，便放蕩逍遙，在身外追求。雖然志趣各異，動靜不同，可是當他喜歡他的處境的時候，卻能暫時自得其樂，感到滿足，不曾知道老年就要來臨。等到興會一過，對其所達到的境界感覺厭倦的時候，心情便跟着事物的改變而改變，感慨也就來到了！先時所喜悅的，在轉眼之間，已經成了陳跡，對此還不能不有感觸；更何況壽限的長短一任造化的自然安排，最後總是要走到生命的盡頭呢。古人說：「死生的事，關係也太大了！」怎不令人悲痛？每逢閱覽從前人們對此感慨的原因，就像契約驗合那樣相同，沒有不曾對着文章嗟嘆的時候，只是心裏總不明白。的確知道把死生看成一樣是虛誕之談，把壽夭等量齊觀也是謬妄之論，後來看現在，也如同現在看過去，這是可悲的事！所以列出了當時集會的人，錄下他們所作的詩，雖然世事不同，但他們感慨的原因，卻是一樣。後世讀者，也或者會被這篇文章感動的罷。

關於蘭亭，在今浙江省紹興縣蘭渚。古人每逢三月上巳（即第一個巳日），臨水洗濯，拔除不祥，就叫做「修禊」（「禊」，本義即除惡之祭）；這是一種清潔運動的節日，由來已久。後來此風逐漸衰竭，但文人仍每藉此日登山臨水，飲酒賦詩，舉行雅集。晉王羲之曾與當時的文人在蘭亭宴集，各有吟詠，輯為「蘭亭修禊詩集」，即由王羲之寫了這篇序文，作者與當時的文人在蘭亭宴集的情趣和抒發他自己對世事變幻，死生無常的感慨。

後記：文中談到王羲之嗜愛鵝，據書法家前輩指出：因鵝頸頗長，伸展轉動多優雅多姿，頗合書法揮灑之妙云云！

未嘗不臨文嗟悼

由王羲之的故事（《世説新語》中所記的故事），很不自禁就説到他的文學代表作〈蘭亭集序〉了。

王羲之〈蘭亭集序〉是他親筆書寫的，據云真跡陪伴在唐太宗的墓中，他日唐太宗的帝陵開掘日，就是〈蘭亭集序〉出土時吧？

我對書法是門外漢，但每次看到〈蘭亭集序〉的石印本，總被王氏的書法所吸引，並情不自禁地就細唸起這篇文章來，不到最後一句，不會罷休哩。

文章大約分成三段。

第一段敍集會的時地與因由，並述及集會者飲酒吟詩的情景。

上篇我們談到古人也有其清潔運動，當時限於文人，登高臨水，飲酒賦詩，誠一高雅的清潔日是也。這篇序文，為這個雅敍的詩結集而寫序，序文也許在眾友齊集的愉快氣氛的感染下，逆向地想到世事變幻，死生無常，今日的愉快情懷，感懷他日將會消逝吧？

不過，第一段文字寫來確然優雅清新，三言兩語，就將一個愉快暢敍的勝地寫得恰如其分，絕對是高雅文人登高賦詩的聚合之處。

「此地有崇山峻嶺，茂林修竹，又有清流激湍（有作「清流急湍」者），映帶左右……」，這些文字，用王羲之的書法揮灑出來，真的好看，而讀出來又好聽也。

第二段敍述集會的人心中之樂。

但短短兩行字，只是指出人類快樂之來源：

一、天朗氣清，惠風和暢。

二、仰觀宇宙之大，俯察品類之盛。

就此兩點，人生足矣！人在中間，仰可觀天，俯則細觀萬物的「地」——天地人就是人生快樂之源。因為人在世上，游目騁懷，視與聽，皆充滿娛樂，人生良可愛也。

第三段才是全文戲肉！

正如第二段「信可樂也」是伏線，因為人生之樂，生命之可愛，不免是暫時的，人上有天下有地，天地無窮，人則有時而盡，一想到這一點，人的感慨，怎可能沒有呢？因此第三段就是作者人生感慨的發揮了。

談這篇文章，不能不談王羲之生於東晉亂世這一現實社會。因為這個時代，不少知識分子有感於世事如幻，人生如朝露，而愛談玄理，研老莊哲學，「向之所欣，俛仰之間，已為陳跡」也是他們共同的感慨，集會者現時的一切歡樂，誰能永遠都保有？文中更以「修短隨化，終期於盡」來說明人的生命有短有長，不能由己決定，因而叫人在悲戚未來之際，多掌握手上擁有的人生歡樂！

一個人怎樣灑脫，如王羲之，他的人生，在文中亦未能看破人生雖短與無常！亦有可歌可泣處，他只下了一個「未嘗不臨文嗟悼，不能喻之於懷」的結論——換言之，就是未能釋懷的唏噓！

不過，生命又確然如此──「後之視今，亦猶今之視昔」！也因此，此文又所言不虛，只是我卻愛在此加一條重要的尾巴。

人生之長短非由我定，但人生如何度過卻在我手！

〈蘭亭集序〉乃王羲之代表作，序中他說：「故列敘時人，錄其所述，雖世殊事異，所以興懷，其致一也。後之覽者，亦將有感於斯文。」

這是文章中最後的一小段話，我讀之深然其言，這是集序中的「後記」吧。他指出這撮參加聚會的朋友，把所作的詩賦記錄下來，以便流傳，將來與現在，時代雖不同，事情也有變化，但人的興懷感嘆，情致卻是一樣的，這也就是「後之視今，亦猶今之視昔」之義了。王羲之認為，將來讀到詩集的人，可以推知：也將會對集中的作品產生同樣的感慨！

我對王羲之在集序中所寫的生命慨嘆，同樣「有感於斯文」呀，不是嗎？他這篇序，也就是孔子「逝者如斯」的相同基調，只是色調的不同而已。孔子慨嘆生命的永恆不絕，如江水滔滔、浩浩、蕩蕩！王羲之則無異感慨生命無常、修短無定！向之所欣，便在俯仰之間，演成陳跡，人又能做甚麼可以阻撓？

讀王羲之的〈蘭亭集序〉，如果大家細心的話，當可以明白到淺白如「一」字，在文言的文章裏，用法也是挺多的：

一觴一詠，亦足以暢敍幽情；

俯仰一世／晤言一室之內；

固知一死生為虛誕；

所以興懷，其致一也。

上列五句中的「一」字，就有四種不同的用法：

第一句是連接詞用法，表示一邊……一邊……之意。（一邊喝酒，一邊詠詩。）

第二、三句都屬數量詞，就是一的意思。（很快就度過了一生，俯仰之間，言快速，在室內與友人暢談。）

第四句的一字是動詞，看作一樣之意。（把死和生看作成完全一樣的説法是虛妄荒誕的。）

第五句也是動詞，意思是：是一樣的。（人們的興嘆和抒懷的情致，都是一樣的。）

列舉不同的用法，以表示相同的文言字詞，跟白話字詞一樣，在在有不同的詞性，也就是有不同的用法，肯留意自可通曉。

人啊，你想往哪裏去？

文章的文體説是辭，這是一種介乎詩與賦之間的體裁。詩，字句較整齊，可唱；賦則不能唱，但文詞多夾上虛字，亦有委婉曲折的節奏感。辭在兩者之間，此類文體的作品並不多見。〈歸去來辭〉多用韻，首段及三四兩段，均每段有一韻，次段前八句同韻，後十二句同韻，是以誦讀之時，就很有誦詩的感覺，用今日的文體看，可説是一篇抒情詩也。

歸去來辭（選段）　陶淵明

乃瞻衡宇，載欣載奔。僮僕歡迎，稚子候門。三逕就荒，松菊猶存。攜幼入室，有酒盈樽。引壺觴以自酌，眄庭柯以怡顏；倚南窗以寄傲，審容膝之易安。園日涉以成趣，門雖設而常關。策扶老以流憩，時矯首而遐觀。雲無心以出岫，鳥倦飛而知還。景翳翳以將入，撫孤松而盤桓。

歸去來兮！請息交以絕遊。世與我而相違，復駕言兮焉求？悅親戚之情話，樂琴書以消憂。農人告余以春及，將有事於西疇。或命巾車，或棹孤舟，既窈窕以尋壑，亦崎嶇而經丘。木欣欣以向榮，泉涓涓而始流。善萬物之得時，感吾生之行休。

已矣乎！寓形宇內復幾時，曷不委心任去留？胡為乎遑遑欲何之？富貴非吾願，帝鄉不可期。懷良辰以孤往，或植杖而耘耔，登東皋以舒嘯，臨清流而賦詩。聊乘化以歸盡，樂夫天命復奚疑？

【語譯】

不久就看見了我的房宅，懷着滿腔的喜悅急急地快走。僮僕們歡迎我來了，年小的兒子在等候在門口。大門內的三條小徑生了荒草，好在松樹和菊花還都依舊。攜着幼兒進到房內，看見杯子裏已經斟滿了酒。拿起酒壺，端起酒杯自己且斟且飲，看着庭院裏的樹枝非常喜歡；倚在南窗上敞開心懷，覺得在這樣僅能容膝的地方反而容易心安。天天在園裏遊蕩相當有趣，大門雖有卻常常關閉。拿着枴杖遊一陣憩一陣，也時而抬頭看看外面的景氣。雲彩不在意地從山穴裏冒出，飛倦了的鳥兒也知道回頭。黃昏的暗影就要襲來了，我可是只顧撫着孤松在這兒逗留。

歸去吧！從此就讓我和外界斷絕了交遊。世間和我已經彼此相棄，我還出去要求甚麼事由？親戚們説的家常話能使我快樂，彈彈琴、讀讀書也可以消除憂愁。農人告訴我春天來了，就要到西坡裏去從事耕耘。有時趕着篷車，有時泛着小舟，曾經很遠地去尋遊澗水，也曾走着崎嶇的路越過山丘。花木正在生氣勃勃地滋長，泉水也涓涓不絕的流動。我羨慕萬物都能夠不失時機，我感慨自己這一生的行動和去留。

算了吧！我的生命還能活多久？為甚麼不放下俗心來任情自由？還在心神不定地打算到哪裏去？求富求貴本來不是我的心願，成仙成佛也不能達到目的。倒不如在好天氣的時候自己出去散散步，或者拿着拐杖去除草耕田，或者到東坡的岸邊痛快地歌唱，臨着清流寫出自己的詩篇。就這樣順着自然的變化走到生命的盡頭，一切聽天由命，自然就能快樂，還為甚麼疑慮愁煩？

全文的首段及第二段寫自己辭官的心情：經過一番內心的自我激戰，才得到最後精神的解脱！第二段尾四句寫乘舟回鄉，寫出恨不得一步歸家那種愉快的感覺。

第三段前半陶淵明（另名潛）敍述到家之際的欣愉之情，後半則敍述在家隨心隨意的自得之樂，而第四段寫從家居生活中的安適，再感慨昔日出仕的錯誤決定，用以説明這是堅定歸隱的志向，不再猶豫了。最後一段再寫出自己會怎樣去度其下半生，一方面流露了對現世的失望，但又一方面以自己樂天安命的心志，填補了對現實失落所萌生的悲哀！

全文五個段落，建構了一個自我的田園世界，保有自己的心園，力拒現世的混沌！可説是一首千古絕唱的心靈醒覺之宣言！

到這裏，我們可以總結一下了。出仕是帝王朝代的唯一出路，為官，不僅為了俸祿，還有一個理想：服務國家社會，但陶潛很明顯對當時的時代感到悲痛，才最終連俸祿也放棄了。

東晉是一個偏安的政局，中原淪陷，誰不想興復河山故土？但北伐大業只打過一次淝水之戰的勝仗，那時陶潛才十九歲！淝水之戰，為北伐帶來了光明的遠大憧憬，無奈戰後王朝不振，軍閥跋扈，民生苦困，復國之念完全置諸腦後。為宜，只能作爪牙，與其同流合污，反不如清高自守，淵明家貧，清高不起來，只能違其本性而為官，但到最後，他還是不得不辭官離開這個完全不宜久留的官場！

〈歸去來辭〉的背後，還有一個〈桃花源記〉的故事，如果不是一個不宜百姓生活的現世，誰會避秦到桃花源中？

〈歸去來辭〉那一句「歸去來兮」世世代代在人類的耳畔響着：不是清高，只是避秦！每一個平凡的老百姓，對生活，對生命，總會有一個基本的要求。不單單是為了吃得飽！陶潛的潛，說明了有一種這樣的人生，他深切明白到：「胡為乎遑遑欲何之？」是的，我也想問：人啊，你想往哪裏去啊？

自我剖白的〈五柳先生傳〉

歷史人物的傳記散文，佳作紛呈，追看這類文章，想見其人，使我們有一個歷史不斷的生命記錄——人類走過的日子原來是這樣的！

雖云是歷史傳記，但記述者如史官等，筆下的人物，如實的究竟有幾成？真的很難說，以往我介紹過司馬遷不少人物傳記，細味在他筆下的人物風采，他當然不是那種「有碗數碗」、「有碟數碟」的記錄員。他寫人物，一樣有他的一套，總在「究天人之際，通古今之變」那個人生洞悉中書寫他的識見，豈會止於說故事？

曾經痛失摯友，每朝在球場跑步，腦中全是他的影子，究竟自己在球場跑了幾多個圈，是否可以收步回家，但基本上完全記不起自己跑了多久。有一次，跑步中腦子竟構思了一篇〈老土先生傳〉的傳記文章，回家立刻寫了下來，算是給亡友的一個紀念，「老土先生」，是他的自號，還有，他又自謔是「遲早殘先生」。唉，他這類自號，我記起來時又再度惹我傷感。

回說文言散文中的人物傳記，有歷史名人的傳，也有完全虛構的人物之傳。而且往後，我還想說說白話文語體的人物傳記，寫來又是一種甚麼的味道？這都對我們的寫作很有啟發，特別是，名家筆下的人物故事，豐富多姿。

陶淵明的〈五柳先生傳〉，可說是小自傳一篇，小自傳者，是他用來簡介自己——表明自己的志趣，而不是細訴自己的生平！這篇小傳，人人可寫，這要拜陶淵明這篇範文的引導有功！往後文人寫自傳，鮮有淵明這種個人性情的坦白自剖也。

至於白話文的自傳，精短而生動的自白寫，更為難得，他日會找其中的佳構為大家介紹，但自傳體的白話作品，較多的反而是虛構的文學創作了，我的意思是，自傳體的小說，在新文藝中大行其道！

馮文炳（廢名）有〈莫須有先生傳〉，可謂佳作，有機會拿來一讀，可開開人物文學的眼界。如今我們先從文言的人物傳記開始，拿陶淵明簡單的性情小傳作為開始，然後慢慢談到白話的傳記小說。

陶淵明的〈五柳先生傳〉，確然是陶氏的自況，並不似一些傳記散文只會吹噓自己的偉大處和優點，淵明先生文中的忘懷得失，讀之不禁叫人神往，現代人，真的很難做得到吧！

五柳先生傳　　陶淵明

先生不知何許人也，亦不詳其姓字。宅邊有五柳樹，因以為號焉。閑靜少言，不慕榮利。好讀書，不求甚解；每有會意，便欣然忘食。性嗜酒，家貧不能常得。親舊知其如此，或置酒而招之，造飲輒盡，期在必醉；既醉而退，曾不吝情去留。環堵蕭然，不蔽風日；短褐穿結，簞瓢屢空，晏如也。常著文章自娛，頗示己志。忘懷得失，以此自終。

贊曰：「黔婁之妻有言：『不戚戚於貧賤，不汲汲於富貴。』極其言，茲若人之儔乎？銜觴賦詩，以樂其志，無懷氏之民歟？葛天氏之民歟？」

精簡生動的自白

不要因〈五柳先生傳〉文章短小，便以為這小傳不重要，其實此文是用最精簡的篇幅，道出自己最真的人生圖像和內心世界。

「閑靜少言」：這性格已顯示了陶淵明不愛與人爭論，不在語言上壓倒對方，多話說的人難免具有好勝的性格，但他深明此亦一是非，彼亦一是非，沒有甚麼是絕對的是，絕對的非，閑靜少言的人，多是與世無爭的人。

「不慕榮利」：其實也是不求名利，好利者，多好名，好名而得名，則利亦隨之而來。不慕名利或不求榮華，不羨物質享受，這種人方能過清淡的生活，簡單的生活。

「好讀書，不求甚解」：讀書不是成名謀利的工具和過程，讀書就是讀書，與著書人作精神的接觸，了解他人的世界，分享他人的人生學問，也因此，不用太刻意去為一隻字、一句話去考據裏面的微言大義，最重要的，只是體會到書中的基本精神，不會走離著書人的心意便足矣！因此，會意是重要的，會意就是心領神會，有了共鳴，亦欣然忘食也說不定呢！

「性嗜酒……期在必醉；既醉而退」：自己也有好酒，但卻不溺於酒，飲則盡情、開懷，醉了又何妨？但醉後就要告別，不會因自己買不起酒而留在他人家中，受他人的恩惠而失去一己的獨立人格。

「環堵蕭然，不蔽風日；短褐穿結，簞瓢屢空」：清貧過日子，不追求物質生活的舒適，住如是，穿如是，吃喝也如是。這樣的日子，自己感覺良好，還不錯呢。

「常著文章自娛，頗示己志」：寫文章一不求名，二不求利，但求自娛，寫來自己娛樂自己吧了，當然，文中的話，也是自己心意的真話，用以表達自己的人生觀，把想法陳述出來，不吐不快而已。

「忘懷得失，以此自終」：自己的人生從不計較得與失，這樣的一生，也望能貫徹始終！

以上我寫上小小的感受，以表示陶潛小傳基本上已經寫了他整個人的大構架、大精神，讀了他的小傳，再跟我們讀過的名人自傳式各家執筆的傳記，你不覺得〈五柳先生傳〉才是一本真正的自傳，坦白真摯的個人剖白嗎？

討武曌檄：駱賓王的傑作

初唐四傑，不止以唐詩稱頌當時，散文（古文）亦極具份量，尤以王勃〈滕王閣序〉及駱賓王的〈為徐敬業討武曌檄〉，流傳萬世，成為不朽佳構。

文學上的〈為徐敬業討武曌檄〉，為了解武則天其人的一篇重要文章，而駱賓王這篇討檄之文，寫得辭采縱橫、氣激詞腴、音韻鏗鏘、雄偉拔峭，讀之叫人嘆服，即使武氏本人，面對這位起兵討伐她的敵人，也不得不佩服他這作品，而禁不住出口曰：「宰相安得失此人！」意謂如此人才，唐宰相竟白白浪費了。

這篇古代散文，自來少人誦讀，但若研習唐代文學史，則此文必讀；文史必錄，這是初唐文學代表作，也是社會政治的一大反映，可說亦文亦史，不可錯過。我們把原文整篇引錄於此，然後譯成白話，加以解説，無疏忽駱賓王先生傑作，也藉此文了解武氏登上皇帝寶座在當時唐代社會所掀起的事件與紛爭！

原文雖以工整的四六文寫就，但論事說理，層次分明，鋪陳有序，絕對是一篇足以討伐人的理氣十足之作，而散文寫來，華贍之餘，文詞卻無虛浮公式，果然佳作，可不朽也。且先全文一讀如何？

為徐敬業討武曌檄　駱賓王

偽臨朝武氏者，性非溫順，地實寒微。昔充太宗下陳，曾以更衣入侍。洎乎晚節，穢亂春宮。密隱先帝之私，陰圖後房之嬖。入門見嫉，蛾眉不肯讓人：掩袖工讒，狐媚偏能惑主。陷元后於翬翟，致吾君於聚麀。加以虺蜴為心，豺狼成性。近狎邪佞，殘害忠良；殺姊屠兄，弒君鴆母。人神之所共棄，天地之所不容。猶復包藏禍心，窺竊神器。君之愛子，幽在別宮。賊之宗盟，委以重任。嗚呼！霍子孟之不作，朱虛侯之已亡。燕啄皇孫，知漢祚之將盡；龍漦帝後，識夏庭之遽衰。

敬業，皇唐舊臣，公侯冢子；奉先君之成業，荷本朝之厚恩。宋微子之興悲，良有以也；袁君山之流涕，豈徒然哉。是用氣憤風雲，志安社稷；因天下之失望，順宇內之推心，爰舉義旗，以清妖孽。南連百越，北盡三河。鐵騎成群，玉軸相接。海陵紅粟，倉儲之積靡窮；江浦黃旗，匡復之功何遠。班聲動而北風起，劍氣衝而南斗平；喑嗚則山嶽崩頹，叱吒則風雲變色。以此制敵，何敵不摧；以此圖功，何功不克？

公等或居漢地，或協周親，或膺重寄於話言，或受顧命於宣室。言猶在耳，忠豈忘心？一抔之土未乾，六尺之孤何託？儻能轉禍為福，送往事居，共立勤王之勳，無廢大君之命，凡諸爵賞，同指山河。若其眷戀窮城，徘徊歧路，坐昧先幾之兆，必貽後至之誅。請看今日之域中，竟是誰家之天下。

文中首段，列舉事實，以揭露武則天的私隱、穢行及殘酷統治。以說明徐敬業（徐受賜姓李，亦作李敬業）起兵的目的。

末段則以「一抔之土未乾，六尺之孤何託？」用以激動人心。以明唐君臣的大義，亦以此號召天下忠君義士勤王。文的最終一句，是「請看今日之域中，竟是誰家之天下」。這是豪言壯語，表示勤王之舉，已贏了理義，必可還我河山是也！

聲情並茂的戰鬥之文

駱賓王的〈為徐敬業討武曌檄〉，雖然文體上的四六句式的駢文，但文字卻非艷麗浮詞，內容更非言之無物的推砌文章，如同王勃〈滕王閣序〉一樣，聲情並茂，讀之愛不釋手。

我們將之視為古代文佳構，絕對可以成為典範之作，原文融敍事於抒情之中，寓號召天下於議論之間，很具感染力，難怪被討檄的武則天讀後也不禁驚詫：「有如此才，而使之淪落不偶，宰相之過也。」可見此文確然具有檄文強大的煽動力。

以下的白話文語譯，大應能體會駱賓王此文的精華所在：

非法把持朝政的武氏，性非溫善，出身卑微。當年是太宗的妃妾，曾更衣奉侍。後來，罔顧倫常，淫亂宮中。用先帝的恩寵而謀得宮中地位。甫入選宮中，眾妃都受她的嫉妒，無人能幸免，賣弄風情，妖言惑主。穿華服登上皇后寶座，陷君王至亂倫之境。加上毒蛇般的心腸，豺狼般的性格，靠向奸邪，殘害忠良，殺戮兄姊，謀弒君王，毒死親母。這是人神共厭、天地不容的人。她更深藏奸謀，圖謀帝位。君王愛子，被幽禁在冷宮，而她本人的親屬黨羽，則被委派要位。可悲啊！霍光這類忠臣，再不復現；劉章這種橫強的宗室也成過去了。趙飛燕謀害皇孫得手，便知漢王朝氣數已盡，孽龍的涎液流淌在帝王的宮廷，也標示夏王朝走向衰亡。

敬業是大唐的老臣，也是王公長子，跟循先帝訓示，承蒙恩典！如同宋微子為故國覆亡而悲傷，感同身受，又如桓譚失去爵祿而灑淚一樣！不是無緣無故的啊！故此，憤然起來做一番事業，是為安定大唐江山。基於天下的失望，順應天下群情，於是舉正義之旗，誓除妖孽。南至百越，北到三河，我們鐵騎成群，戰車連綿。有海陵粟米紅艷之色，倉庫裏儲存豐足；大江旌旗飄揚，光復大唐功業還會遠嗎？戰馬在北風嘯嘶，寶劍劍氣直衝天上。戰士的怒吼如山嶽崩塌，雲天色變。用此來制敵，能不打垮嗎？用此攻城，又怎不成功呢？

大家或受國恩而居於封地，或是皇室宗親，或負有重任的大將，或接受先帝遺命。先帝的話，好像還在耳邊呢！你們的忠誠怎可忘記？先帝的墳土還未乾透，我們的幼主卻不知流落到哪裏去了？如果能轉禍為福，好好地送走逝去的舊主和侍奉當今的聖主，共同建立匡救皇室的功勳，不廢棄先皇之遺命，那麼各種封爵賞賜，一定像泰山黃河般穩固而長久。假若留戀目前的好處，在此關鍵時刻還猶疑不定，看不清事態的先兆，一定會招來嚴厲的懲治。

請看清今日的天下，到底誰屬？

駢文識小

有學子問，何謂駢文？高中學生，要認識駢文嗎？

有意思！文學常識，也是通識的一部份也。猶記我自己唸中學的時候，要記誦中國國學常識百多條，諸如何謂四書五經、何謂建安七子、何謂竹林七賢、何謂三德等等，這都是不能不知的普通常識，時代不同，國學常識，現在連大學生也未必懂得了。

以下想跟大家談談中國文章體例中的駢體文。駢文作品，寫來整齊好讀，詞藻華美，恰和自由書寫的散文大異，而駢文中的對偶句，也是今日無論古詩或現代散文中常見的一種修辭手法，懂得對偶，寫文章時可增添一種修辭技巧。

初唐作者，出現不少寫駢文的高手，其中一篇極有代表性的作品，可說是「經典之作」，那就是「初唐四傑」之一王勃的力作。王勃初唐詩人，寫詩，主張重視內容，一反六朝以來萎靡不振，過於講究詞藻艷麗的詩風，這種寫作上的主張，被杜甫所讚譽：「不廢江河萬古流！」

而奇特的是，王勃以詩稱著於初唐，但他最為後世所稱頌的作品，卻是一篇駢體的散文——〈滕王閣序〉（原題為：〈秋日登洪府滕王閣餞別序〉），這是一篇王勃二十八歲時，遠道跋涉去探望父親時，路經南昌，被邀參加了滕王的宴會，而在席上寫的序文。

同年，他就在渡海中遇溺而死，連父親最後一面也沒有見到。

駢文雖沿天朝綺麗之風發展，但到了初唐，文士已自創新風格，詞句流利自然，開始有意志散文的格局了。

其實駢文中的對偶句，在先秦文章中亦隨處可見，但這些對偶，都是和奇句摻雜着用的，到漢魏六朝，才完全以對偶句寫文章，出現了真正屬於駢文的文體。

這種文體，形式工整，聲調合律，漸漸走向過於追求形式，以致寫文章內容空虛，而且語句也開始出現造作和不自然了。

唐初，駢文開始走向散文化了，雖仍有「舊瓶」（形式），但盛的卻是「新酒」（新的生活內容）了，到唐韓愈柳宗元，古文運動興起，連「舊瓶」也給打碎了。

自此，駢文文體，變成了古董，成為我們今日欣賞的一種文體，已不再是學習「寫」的對象了。當然，對偶句的結構，通過一些駢文佳作，從中學習修辭藝術，則是很好的一種啟發和營養，其中王勃的很值得大家觀摩！

滕王閣序（選段）　王勃

時維九月，序屬三秋。潦水盡而寒潭清，煙光凝而暮山紫。儼驂騑於上路，訪風景於崇阿。臨帝子之長洲，得天人之舊館。層巒聳翠，上出重霄；飛閣流丹，下臨無地。鶴汀鳧渚，窮島嶼之縈迴；桂殿蘭宮，即岡巒之體勢。

落霞與孤鶩齊飛

中國古典文學裏面的一種獨特文體——駢文，其對偶結構可視之為學習寫作時的修辭參考。

白話散文寫得動人的余秋雨先生，在〈蘇東坡突圍〉中巧用對偶句，這裏可舉一例：

「這便是黃州赤壁。赭紅色的陡峭石坡直逼着浩蕩東去的大江，坡上有險道可以攀登俯瞰，江面有小船可供盪槳仰望……」

可見白話文中的遣詞用句，一樣可以運用對偶，使句子讀起來更有魅力！上篇特別推薦了駢文中一篇千古絕唱的力作：既具駢文優美的特色，又不落入內容空洞的俗套，真是韻味無窮，難怪中國名樓之一的滕王閣，也因〈滕王閣序〉此文添加聲勢了！樓以文名、文以樓名，此之謂也。若有一日到江西旅行，萬萬不要錯過到南昌的「滕王閣」一遊，並且緬懷一下歷代駢文名作中最為傳誦後世的一篇〈滕王閣序〉吧！

上篇筆者有引錄文中的一段，以見其精美佳句（偶句），如：

「潦水盡而寒潭清，煙光凝而暮山紫。」

「鶴汀鳧渚，窮島嶼之縈迴；桂殿蘭宮，即岡巒之體勢。」

全段都用偶句寫成，即使是第一句「時維九月」，也即與下句「序屬三秋」對偶，可見作者心思細密，而且描述時令風景，一樣刻劃入微，沒有以文害意，真不簡單。

我們將此段文字用優美的白話譯出：

時候正當九月，按序已是三秋，道旁積水乾竭，寒潭分外的清澈，野外煙光籠罩，紫色染上了暮山。馳着車馬在昂然前進，登高陵去瀏覽風景。來到滕王建閣的長洲，進入仙人住的書館。碧綠的樓台層層地聳立到雲間，朱紅的高閣凌空般飛翔在江上。仙鶴和水鳥飛集洲渚，大小島嶼，說不盡的迴環曲折；桂樹與蘭宮坐落江濱，形態體勢，就像那起伏的岡巒。

文言優美，譯出的白話一樣優美，王勃的原文，殊非「俗麗」文辭是也！

我們在此再引一段如何？再看王勃文筆之優美動人：

披繡闥，俯雕甍，山原曠其盈視，川澤紆其駭矚。閭閻撲地，鐘鳴鼎食之家；舸艦迷津，青雀黃龍之舳。雲銷雨霽，彩徹區明。落霞與孤鶩齊飛，秋水共長天一色。漁舟唱晚，響窮彭蠡之濱，雁陣驚寒，聲斷衡陽之浦。遙襟甫暢，逸興遄飛。爽籟發而清風生，纖歌凝而白雲遏。睢園綠竹，氣凌彭澤之樽；鄴水朱華，光照臨川之筆。四美具，二難並。

語譯之後也不遜色於原文：

打開錦繡的屏風，倚着雕刻的屋棟，向遠處望望高山、原野，完全收在眼底；長江、大湖，不禁令人驚奇。往近處瞧瞧，兩地羅列民房，都是富貴人家；船舶堵塞渡口，完全青雀黃龍。新雨初停，長虹銷盡，雲霞光彩，映照天空，這時看到片落雲，同江上一隻野鴨，一齊飛翔；碧水和藍天合成一種顏色。漁船唱出晚歌，歌聲飄送到鄱陽湖邊；雁陣不耐冷，鳴聲停止在南衡山前。漫長的吟唱這樣美麗，超邁的意興如此飛騰，萬籟發出的聲響，清風徐徐吹來，女子纖細的歌喉，配合着悅耳的樂器，這裏飄蕩的白雲也為它停留不動了。想到「睢園綠竹」，今日各位乾杯，確勝彭澤令陶淵明的獨酌，記起「鄴水朱華」如今諸公詠，可媲美臨串謝靈運史的詩篇。良辰、美景、賞心、樂事，這四種美好的條件，都已具備，賢主、嘉賓，這兩種難得相遇的人物，也都湊合在一起。

其中一句偶句，更成為中國文學千古絕唱：

「落霞與孤鶩齊飛，秋水共長天一色。」

美得蒼涼的〈桃源行〉

陶淵明的〈桃花源記〉，應列為中學生必讀古文。

序文說：漁人忘路，誤闖桃花林，並發現山有小口，便從口入，進入了桃花源，得村民熱情招待，詢問當世之事，最後漁人告辭，回程時漁人記下路途，但再尋也無法找到桃源影踪了。

桃花源遂成自給自足、與世隔絕的理想社會代表，活在桃花源，象徵着有一種淳樸、安樂、無爭的生活。這是中國式的烏托邦社會，反映了當時廣大老百姓不滿現實而甘心寄託於桃花源的願望。

作為文言散文，此篇序文屬記敍文，記載了桃花源忽現人間到忽然又失踪的故事。到了唐朝，詩人王維就以這個故事為藍本，再用詩歌來重新表達〈桃花源記〉所描繪的理想境界。想不到效果絕佳，竟成為古來吟詠桃源作品中的千古絕唱，詩歌能將故事的進行逐一凝練成意境，凝成亦動亦靜的神仙境界，隱隱然串成了一個「漁人的奇歷」。一句句的優美詩的意象，如同各個綺麗奇幻的鏡頭，通過詩人精巧的安排和剪接，又儼如注入了觀照者的某種情趣與韻味，甚至細心體味，你還可以感受王維筆下那縹緲朦朧，悠悠無止的哲理呢！

桃源行　王維

漁舟逐水愛山春，兩岸桃花夾古津，坐看紅樹不知遠，行盡青溪不見人，山口潛行始隈隩，山開曠望旋平陸；遙看一處攢雲樹，近入千家散花竹。樵客初傳漢姓名，居人未改秦衣服。

居人共住武陵源，還從物外起田園。月明松下房櫳靜，日出雲中雞犬喧。驚聞俗客爭來集，競引還家問都邑。平明閭巷掃花開，薄暮漁樵乘水入。初因避地去人間，及至成仙遂不還，峽裏誰知有人事，世中遙望空雲山。

不疑靈境難聞見，塵心未盡思鄉縣。出洞無論隔山水，辭家終擬長游衍。自謂經過舊不迷，安知峰壑今來變？當時只記入山深，青溪幾曲到雲林；春來遍是桃花水，不辨仙源何處尋。

王維的〈桃源行〉，最終不是寫帶着那太守去追尋桃花源的下落，而是寫活了漁人的個人惆悵。而漁人的個人惆悵，又是詩人的惆悵，最終歌詠的，歸結是一個足以牽動後世人整個情感的惆悵。〈桃源行〉的藝術高度也在於此：把漁人的惆悵和後世的惆悵重疊；漁人那種努力追憶而終歸徒然失落的心情，「春來遍是桃花水」，淹沒了自己那「自謂經過舊不迷」，作為主角的漁人，最終怎能不惘然惆悵？

詩人把〈桃花源記〉賦予新的生命，在無可奈何的淒迷之中，這是人類終古的惆悵：「不辨仙源」和「何處可尋」。甚至人間世裏，根本就不存在這樣的仙源啊！因此，桃源逝去的悲哀也就是永恆的了。

這樣的一首詩，美極了：淒迷、惆悵。寫就了一種人類終古的惆悵不樂——一個足以統攝全篇的美得蒼涼的失落。

美不勝收的歡宴文章

春夜宴桃李園序　李白

夫天地者，萬物之逆旅；光陰者，百代之過客；而浮生若夢，為歡幾何？古人秉燭夜游，良有以也。況陽春召我以煙景，大塊假我以文章。會桃李之芳園，序天倫之樂事。群季俊秀，皆為惠連；吾人詠歌，獨慚康樂。幽賞未已，高談轉清。開瓊筵以坐花，飛羽觴而醉月。不有佳作，何伸雅懷！如詩不成，罰依金谷酒數。

散文，在李白筆下，也變成了詩，這可說是詩人的散文：文中有詩的濃縮精練，有詩的豐富鮮明的圖畫，又有詩的頓挫悅耳的音節，如此佳作，當然要與君共賞，與君共醉了。

文章一開始，就落筆解釋天地和光陰的定義，已成落筆驚風雨的名句：

天地，是萬物暫宿的旅館；光陰，是千百萬年不停走過的過客罷了。說得真對，我們短短的一生，居於天地之間，天地是我寄身的住所，我何能永恆擁有？時間，我有的，也是很有限：短暫的一刻，如同數千年以來的古人一樣，是短暫的過客吧！

浮生若夢，為歡能有幾何？這是實情，所以李白說到正因時光有限，古人在黑夜時分，也不願睡，手持明燭長夜歡樂，今人有了電，更可把黑夜變成不夜天，何用明燭了。

前面幾句，詩人三言兩語道出我們設宴暢敍的緣起，人生怎可以不快快樂樂與友共歡呢？

「況陽春召我以煙景，大塊假我以文章。」

這兩句好極了，「大塊」，指大地，大自然，我們寄身的天地，「文章」是色彩斑斕的自然景物，也就是指世上的美好景色了。上面說人生短暫，怎能不在世上樂一樂，更何況此刻溫暖的春天（陽春）用淡煙輕籠的美麗景色召喚我，大自然（大塊）又在我們面前展現了一幅繽紛錦繡的風光（文章）！

正是此時不行樂，更待何時？

讀到這裏，李白這篇文章開始時寫的「逆旅」和「過客」是客觀的實體，亦是人生的局限，但寫到這裏，則是陽春煙景和大塊文章，筆鋒一轉，已是主觀的感情投射了，這感情，把客體的局限控制在手中，享受陽春美景，體會大塊的文章，生命又有了很好的詮釋。

這散文沒有把人生灰暗化，反而有一種洋溢生命的蓬勃、樂觀的生機，寄寓了一種：「莫等得春來，又把春負！」的激情，叫人感到生機處處，人生短暫，那又如何？

下面將後半部的文言語譯為白話：

我們在桃李芳香的名園聚會，記下了我們兄弟間快樂歡欣的事。各位賢弟有傑出的才華，都屬於謝惠連一類的人物（李白此文是與他的從弟歡宴而作，故借南朝時的文學高手謝惠連來讚譽他眾位從弟都負才華）。

但我寫的詩，自愧不如謝康樂（謝康樂，又名謝靈運，上面用謝惠連讚從弟，自然想到李白就如同謝惠連的兄長謝靈運了，怕自我抬舉，自評為靈運，故特別說明自嘆不如，獨慚於謝康樂了，因謝氏兄弟，當年有大謝小謝之譽，李白自問不敢自詡為大謝也）。

幽美的景色還未觀賞完，我們的高談已轉入清雅的話題了。筵席已經擺出來，大家在花叢裏就座，一盞盞的美酒互傳，很快便在皎潔的月色下醉倒了。沒有好詩，怎能把高雅的情懷抒發？如果有人寫不出的話，依照金谷園的慣例：罰酒三杯！

欲上青天攬明月

讀李白的詩，人人可背誦的，當推〈將進酒〉了，但他的另一首短詩，感情洋溢，抒發詩人心中的鬱悶，更能表現詩人對生命的感慨、對人生的無奈之感。這是〈宣州謝朓樓餞別校書叔雲〉。詩題是長了些，但詩則篇幅精短，寥寥數行，奇情橫想，顯現了李白詩世界中的浪漫情一縷，叫人入眼不忘，終生相伴。宣州在安徽、南齊時謝朓為宣城太守，建有一樓，後世稱「謝公樓」，唐時改建，易名「謝朓樓」。

校書，秘書省的郎官，管校對書籍，李雲為李白叔輩，稱他為「叔雲」（如同雲叔也），此詩即李白在宣城謝朓樓上為其族叔李雲餞別而作，以抒人生之際遇，從詩中自能體會這位即將遠行的校書郎，境遇不見得好，他有好的文才，卻埋沒在校書之中。由詩情可以推想：李雲遠行，並非升官而走馬上任，恐怕多是詩末所言般棄官歸隱——「散髮弄扁舟」了。

由是，一個心滿牢騷、無以解憂的人，來餞別一個懷才不遇、棄官歸隱的人，其心情大抵可以想見吧？

宣州謝朓樓餞別校書叔雲　李白

棄我去者昨日之日不可留，亂我心者今日之日多煩憂。長風萬里送秋雁，對此可以酣高樓。蓬萊文章建安骨，中間小謝又清發。俱懷逸興壯思飛，欲上青天攬明月。抽刀斷水水更流，舉杯消愁愁更愁。人生在世不稱意，明朝散髮弄扁舟。

這首詩一開始就寫得超逸不凡。兩個「我」字，放在詩首，如奇峰突出，將個人心事傾吐而出。昨天與對方相聚是快樂的，但已經過去了，這等相聚的時刻沒法留住。而今天對方要走了，是生離，雖非死別，但心裏能不煩亂憂愁嗎？

在這兩句中，我們又可以再聯想更多：過去的我們以布衣人侍唐帝，笑傲公卿，然而今日飄流江湖，未知歸宿何處？往事如煙已渺，就如昨日棄我而去，而現在則一無是處，今日在煩亂我心！此兩語，既用以餞別叔雲，又暗示自身腹中愁鬱。在一首七言古詩中，如此用十一個字寫成一句的兩句，成為七古中一種例外的奇特寫法，做成一種特別的形式——有如散文！是李白詩集作品中常見的特色。如果我們將這兩句詩的頭四字刪掉，全詩仍為七言，它變得工整，但這樣一來，筆力即落平實，更無此一瀉千里的氣勢了！這就是李白——下筆驚風雨。

「長風萬里送秋雁」，是寫當前之景，也是心中之情，此情此景，叫人更覺淒酸，你既不能留在這裏，彼此同憂，你走後彼此更無法解憂了，那麼，痛快地喝個醉好了，喝醉了可以忘記大家的憂愁啊！

在漢唐之間的南朝，小謝（謝朓）的詩，清新激越，別有風格和韻致，這不就是李白自喻了嗎？而上面的蓬萊文章、建安骨，倒是用以稱讚叔雲讀書和文章的不凡；蓬萊仙山、幽徑與秘錄，以喻李雲經籍豐富、學問卓越，又具建安七子般的風骨，喻文章風格氣骨，極具時代氣息。

李白幻想着離開這個令人愁苦的現實世界，而到了一個超現實的天空去，建安的風骨，謝朓的清越，如今除你我之外，還有誰人可以比擬？我們都抱着同樣的壯志，擁有一樣的豪情，飛吧，飛吧，飛到天上，遨遊摘月去！

最後，酒飲罷，高興消失，幻想破滅，還是要面對這個令人煩憂的現實！抽刀斷水，時光留不住，而愁也不因舉杯而去。人生到此，上青天攬明月，是不可以的了，唯有棄絕一切，乘扁舟泛於江湖，不必為世所知好了。

落花時節又逢君

讀文言篇章，不能光讀一些簡單文言書寫的作品，簡單淺白的文言，只是起步，漸漸，一些有深奧詞義的文言文，必須開始涉獵，而這些所謂較深奧的文言文，未必是文句結構深奧，而只是用上了一些較不常見的文言詞語而已，如果你懂得查核註釋，這些困難，絕對可以克服。

因此，學習讀文言，必須學習查註釋。中國古代文章，經歷了悠悠的歷史歲月，前人已為我們做了很多考證文意、詞義的工夫，我們今天買了文言作品，裏面遇有一些罕見的文詞，文章後必附註釋，使我們很容易可以了解到作者的原意——不因年代久遠，而不明文章中詞義。

目前買得的古籍，不少還附上白話語譯，我們讀古書，也就更無隔閡而更容易明白了。我們在這裏介紹一些文言篇章的佳作，也往往附上語譯，也是希望對照古今語體，讓讀者更能明白文言與白話之別，也更容易捉摸文言語言的特點，而不致有閱讀理解的障礙。

另外，翻查註釋，在我們欣賞古代詩詞時，一樣有其必要，在我過去讀唐詩宋詞時，也常常自以為對古詩詞最能心領神會，而不屑去翻查註釋，一心用陶淵明説的「好讀書，不求甚解」的態度去自我解讀，結果當然誤解重重，不明原詩詞要寫的本意了。

這裏，我不妨舉兩首詩為例，以證我當時理解杜詩的確很「自以為是」哩：

杜甫的〈戲為六絕句〉，其中詩云：

王楊盧駱當時體，輕薄為文哂未休。

爾曹身與名俱滅，不廢江河萬古流。

初唐四傑（王楊盧駱）把唐詩從齊梁的萎靡詩風改變過來，改變為書寫社會題材的現實詩章，但一些輕率不明文學發展規律的文人卻譏刺四傑，杜甫為四傑説話了，他説：「你們呀（爾曹），他日身後，名字將同肉體一同歸於滅絕！」但我不明白了，何以歸於滅絕時，又可以同時「不廢江河萬古流」呢？

翻查註釋，原來詩最後的一句是說：四傑身後的名聲，卻與你們這撮輕薄文人不同，四傑是「不廢江河萬古流」啊！

詩不能不動動腦筋的，如果腦筋動得不夠快，也無妨，讀詩後面的註釋就成了。

第二首杜詩是〈江南逢李龜年〉：

岐王宅裏尋常見，崔九堂前幾度聞。

正是江南好風景，落花時節又逢君。

我不知道如果文憑試要同學解釋這首唐詩，同學會否解錯？

淺白是淺白了，但裏面詩人杜甫所寫的感喟，我們的年少同學，恐怕未必能體會得到。更何況，詩中關鍵的「落花時節」究竟有何涵意呢？我怕同學未必真正明白。

首先，這詩的時代背景是在唐朝安史之亂後。人物是寫杜相識、有交情的樂師李龜年，詩人追述與他交往的兩處地方，都有過快樂的日子。現在，與他在江南相逢，江南正是好風景，又逢落花季節，我逢君，又逢落花季節，那有甚麼意義呢，詩人不是寫了等於沒寫嗎？說了等於沒說嗎？

了解詩，的確要有一些頭腦的，如果你以為落花很美，落花最浪漫，那是你個人的美學，但中國傳統的詩藝術中，落花是淒酸的，黛玉葬花，周邦彥的落花，也是葬楚宮傾國，還有，落花猶似墜樓人，可見「落花時節又逢君」，在此四句詩中，理解上扮演了重要的角色！

江南好風景，在人人思憶江南好的江南相逢，竟碰巧是落花時節——一個叫人淒酸的時節！這是一種感觸、感慨！一種哀傷、無奈！江南盛放的花開始零落飄搖，我們的好景，只能在回憶中尋。

這又側面感嘆了國運——安史之亂後，我們的國家怎樣了？往後還會有快樂的日子嗎？

〈琵琶行〉的兩種傾訴

筆者與舊友閒敍，談到《宋史》中的〈岳飛傳〉，方知時至今日，大家仍能背誦一九六〇、一九七〇年代我們讀過的國文篇章之：〈岳飛之少年時代〉。尤其那句：岳飛的父親撫飛背問飛曰：「使汝異日得為時用，其殉國死義乎？」對曰：「惟大人許兒以身報國家，何事不可為？」

這裏叫我想起，每一個學期中文課本裏的文言範文，我們做學生是規定必須背誦的，是以今日遇上一九七〇、一九八〇年代的同輩朋友，閒聊中談到中學時期的文言篇章，都深感那確然是大家共同的中文修養。相隔了五十年餘，這些精彩的中文佳作，今日依然可以隨口背誦出來，我們都笑着說：那才是我們的「集體記憶」啊！

現在的中學，不用背誦古文，表面上學習是輕鬆了一點，但實際上，公開考試不也在閱讀理解的試題上考大家，而篇章無定，學子要付出的時間恐怕還要比昔日的中學生多。

但放棄了背誦，傳統的中國古典篇章，就只能依稀有點印象，欠缺了心靈的感應和文化的修養了。

所以，筆者多推介古典文章，以加強大家對文言文的理解能力，但我們一方面將一些佳作深入講述，供大家廣泛閱讀；也一方面精選傑出的篇章，讓大家背誦，領略我們中國歷朝都非常重視的經史子集。這些遺產，除非你討厭做一個中國人，否則，這些文言作品，都是極具智慧的作品，從內涵到文采，絕對是中國的瑰寶，有這些文章防身，我們會多一分優雅和品味。

寫到這裏，忽然想到白居易的〈琵琶行〉，猶記那一年我在《中國學生周報》學術組的朗誦隊與同學一同到大會堂表演節目，我們表演的就是朗誦這首詩：是集體朗誦，效果甚佳，不知今日的中學生，還有這類文化活動否？

白居易的〈琵琶行〉，寫得很動人，此詩值得背誦。

白居易在這首長詩裏，一方面寫他聽琵琶女訴說的辛酸故事，一方面通過音樂語言，聽出了她心中的無限感懷，詩人巧妙地通過這兩種途徑來認識這位琵琶女。而更巧妙的是，詩人最後還將琵琶哀音，轉而寄寓他為官遷謫的感慨，引出：「同是天涯淪落人」的同病相憐之情。

琵琶行　白居易

潯陽江頭夜送客，楓葉荻花秋瑟瑟，主人下馬客在船，舉酒欲飲無管弦。醉不成歡慘將別，別時茫茫江浸月。忽聞水上琵琶聲，主人忘歸客不發。

尋聲暗問彈者誰？琵琶聲停欲語遲。移船相近邀相見，添酒回燈重開宴。千呼萬喚始出來，猶抱琵琶半遮面。轉軸撥弦三兩聲，未成曲調先有情，弦弦掩抑聲聲思，似訴平生不得志；低眉信手續續彈，說盡心中無限事。輕攏慢撚抹復挑，初為《霓裳》後《六幺》。大弦嘈嘈如急雨，小弦切切如私語。嘈嘈切切錯雜彈，大珠小珠落玉盤。間關鶯語花底滑，幽咽泉流冰下灘。水泉冷澀弦凝絕，凝絕不通聲暫歇。別有幽愁暗恨生，此時無聲勝有聲。銀瓶乍破水漿迸，鐵騎突出刀槍鳴。曲終收撥當心畫，四弦一聲如裂帛。東船西舫悄無言，唯見江心秋月白。

沉吟放撥插弦中，整頓衣裳起斂容。自言：「本是京城女，家在蝦蟆陵下住。十三學得琵琶成，名屬教坊第一部。曲罷曾教善才服；妝成每被秋娘妒。五陵年少爭纏頭，一曲紅綃不知數。鈿頭雲篦擊節碎；血色羅裙翻酒污。今年歡笑復明年，秋月春風等閒度。弟走從軍阿姨死，暮去朝來顏色故，門前冷落車馬稀，老大嫁作商人婦。商人重利輕別離，前月浮梁買茶去。去來江口守空船，繞船月明江水寒。夜深忽夢少年事，夢啼妝淚紅闌干。」

我聞琵琶已嘆息，又聞此語重唧唧。「同是天涯淪落人，相逢何必曾相識！我從去年辭帝京，謫居臥病潯陽城。潯陽地僻無音樂，終歲不聞絲竹聲。住近湓江地低濕，黃蘆苦竹繞宅生。其間旦暮聞何物，杜鵑啼血猿哀鳴。春江花朝秋月夜，往往取酒還獨傾。豈無山歌與村笛？嘔啞嘲哳難為聽。今夜聞君琵琶語，如聽仙樂耳暫明。莫辭更坐彈一曲，為君翻作《琵琶行》。」

感我此言良久立，卻坐促弦弦轉急。淒淒不似向前聲，滿座重聞皆掩泣；座中泣下誰最多？江州司馬青衫濕。

〈琵琶行〉的弦外之音

〈琵琶行〉是白居易的名作，中唐詩人中，白居易這篇〈琵琶行〉及〈長恨歌〉，可以千古流轉，正正是「爾曹身與名俱滅，不廢江河萬古流！」一些詩人，徒負虛名，終不能交出一篇人人可以掛在口邊的詩，但白居易用淺白的語言，平凡的事件，就能寫出動人的詩篇，怎不叫人佩服？

〈琵琶行〉詩中名句，時至今日，即使未曾讀過原詩的人，也懂得其中最膾炙人口的名句吧！諸如：

「千呼萬喚始出來，猶抱琵琶半遮面」

「大珠小珠落玉盤」、「此時無聲勝有聲」

「門前冷落車馬稀，老大嫁作商人婦」

「夜深忽夢少年事，夢啼妝淚紅闌干」

「同是天涯淪落人，相逢何必曾相識」

諸君請看，文字何其淺白！但寫來感情真摯，所用的字，構成最貼切人生際遇的描述，讀之深深受到感染，「同是天涯淪落人，相逢何必曾相識」平凡的字眼，建構成非凡脱俗的詩句，千古同心！不能不深受感動。

這首詩，很多讀者都會認為主要是欣賞作者怎樣描寫琵琶彈奏的精彩，並學習作者怎樣去描繪音樂這種抽象的表演藝術，這當然是一個重要的寫作學習。他日我們去大會堂聽音樂，不論中西的音樂演出，你貴為知音人，會怎樣去寫你聽後的感受呢？〈琵琶行〉該是一篇很好的教本，為你示範了寫音樂語言的藝術手法。

但除了音樂可用語言文字去捕捉和評述外，這首詩也沒有放棄當事人琵琶女親口縷述自己的身世，形成作者一方面從音樂去感受演奏者的心聲，一方面也由演奏者通過身世的縷述點示其人際遇的感慨，與音樂所寄寓的情感是相通的！這一種寫法，是詩人特意如此，以加強那種感傷，叫人頓起共鳴，這也是音樂與人緊緊相扣的必要性。

當然，作者還有弦外之音，白居易以琵琶女的淒涼身世，引出他自己為官的遭遇，身世同樣淒涼，「同是天涯淪落人」，更明顯地點示自己形同放逐的不幸，訴說自己生平的不得志，以至詩的最後，江州司馬落淚，既是因為那叫人感傷的琵琶曲，也為自己謫居、臥病之苦，一吐心中苦鬱！抒人復抒己，兼而有之了。

如此說來，白居易的〈琵琶行〉，層層推進，以至淺白的詩句，卻寫出深長的意義，可見文章內容一旦掌握好了，就算是運用淺白的語言，一樣可以寫出魅力來。

〈為姊煮粥〉：筆記小品佳作

長篇的古文，要唸，可真考人。年輕時唸《左傳》的〈晉公子重耳出亡〉，到今天，內容枝節仍存記憶之中，現刻再細味箇中內容，並能一一背誦出來，那種享受，不足為人道也。

晉文公（重耳）的流亡經歷，使他日後登位能創一番功業，可見生活的實際練歷何其重要。

年紀愈大，漸漸愛讀古文中的短篇，覺得古人用字最少，涵意卻多，讀之慢慢細味，往往感到豐富而且深刻，這都是年輕時不曾有過的實感。

《友聯活葉文選》收有筆記二則，一為《隋唐嘉話》的〈為姊煮粥〉（劉餗作），另一則為〈花萼樓〉（李德裕作），篇幅甚短，但情味其濃，屬於古文的小品佳構，且為大家介紹〈為姊煮粥〉之情：

英公雖貴為僕射，其姊病，必親為粥。釜燃，輒焚其鬚。

姊曰：「僕妾多矣，何為自苦如此！」

勣曰：「豈為無人耶？顧今姊年老，勣亦年老，雖欲久為姊粥，復可得乎？」

篇幅短小的「筆記」體是由古文中的「雜記」演變而來，隨筆記錄，不拘體例，所記有歷史掌故、個人見聞，或立論說理，或抒發情懷。至宋，筆記的作者更多，連書名也名之為筆記、隨筆、筆談了。這篇小品，通過李勣為姊煮粥而焚鬚這一故事表現了姊弟之間的至愛。只短短的五十八個字，姊弟之愛已表露無遺。

這類筆記，文簡意賅，韻味無窮，感人之力尤勝千言萬語的大文章。

宋朝洪邁的《容齋隨筆》，亦屬筆記體古文，內容更為廣泛，歷史掌故與個人見聞，吸引了不少後世的愛讀書的人，毛澤東就是他的「粉絲」之一。

另一本著名的筆記體作品《世說新語》，內容則更廣泛，此書對魏晉社會人物的生活和行止，有很傳神的記錄。

相對於容齋的「讀書讀人筆記」及劉義慶《世説新語》的「寫事寫人筆記」，〈為姊煮粥〉這一則小記，則似乎是個人日記了。

但，無可否認，這則小小的生活日記，來自一位唐代宰相之手，寫來樸質無華，真誠親愛，讀之可感。

這類文言古文，我最愛推介給即將畢業的高中同學，一方面可親近一下我們的傳統文學，一方面可以為中國語文的閱讀理解打好文言作品理解的根基：比方説，將這則只有五十八個字的筆記背誦之，則兩姊弟的文言對話，出於我口，不是很有氣氛嗎？

「**何為自苦如此！**」「**雖欲久為姊粥，復可得乎？**」這都是至情的心底話啊！

韓愈淺白有力的古文

早前重溫了唐宋的「古文運動」，也因此連帶讀了不少唐宋八大家的名篇，這次重讀，竟然意外地有了新的得着。

文學運動，常常跟政治運動一同出現，我們熟悉的五四運動，一方面是「外抗強權、內除國賊」的政治覺醒運動，一方面則是文學語言的革新，要用白話代替文言，這是新文學運動的本質。

唐宋古文運動，政治上是唐、宋朝政的革新運動，文學上，基本是取代駢文，而以散文（古文）作為應世語文，也即是反對朝廷的貴族文學，代之以庶族的平民文學。這些運動，都是向前的，從各個不同方面，推進了社會向前邁步，也意味着，舊的一套，必須重新檢視，去蕪存菁。

唐代的古文運動，隨着中唐政治的革新的失敗而失敗，但它卻是開北宋古文運動的鑰匙，並將古代散文的纍纍果實，假北宋的文章大師而得到豐收。至此，我們也就明白，韓文公的文章，未必高於歐陽修和蘇東坡，而且中唐古文運動以失敗告終，但唐宋八大家仍以韓愈掛頭牌，獨享「文起八代之衰」的偉譽！

今天，我們且讀一遍韓愈一篇最淺白最短也寫得最精彩最有力的古文：〈雜說四〉，我附上語譯，各位閱讀先行細讀，下篇再跟大家細賞。

雜說四　韓愈

世有伯樂，然後有千里馬。千里馬常有，而伯樂不常有。故雖有名馬，祇辱於奴隸人之手，駢死於槽櫪之間，不以千里稱也。

馬之千里者，一食或盡粟一石。食馬者，不知其能千里而食也。是馬也，雖有千里之能，食不飽，力不足，才美不外見，且欲與常馬等不可得，安求其能千里也？

策之不以其道，食之不能盡其材，鳴之而不能通其意，執策而臨之曰：「天下無馬。」嗚呼！其真無馬邪？其真不知馬也？

【語譯】

世上有了伯樂這樣的人，才會有千里馬。千里馬時常有的，可是伯樂這樣的人卻不常有。所以，即使有出色的馬，也只能在奴僕、下吏手下遭受屈辱，在馬槽間一一死去，不會因為日行千里而被人稱讚啊。

日行千里的好馬，一頓有時能吃完一石小米，飼養的人不知道牠能日行千里，從而按着這種食量飼養牠。這樣的馬呀，雖然有日行千里的本領，可是由於吃得不飽，力氣不夠，以致牠的才能和雄姿不能顯露出來，就是想跟平常的馬一樣駕車奔跑尚且不可能，怎麼要求牠能日行千里呢？

駕馭牠，不能掌握牠的能力脾性；飼養牠，不能讓牠充份發揮才能；當牠受了委屈鳴叫起來，又不能懂得牠的意思，卻拿着鞭子對牠不滿地說：「天下沒有好馬。」唉呀！是真的沒有好馬嗎？還是真的不能識別好馬呢？

如潮的氣勢

韓愈的古文，有長篇幅也有短作，上篇所提的〈雜説四〉，是精悍的短文：以千里馬和伯樂的關係，點示人才的流失；世人有眼無珠，白白地浪費了很好的人才。有此一古文，我們今天才會習慣用伯樂來代表「識貨的人」，人生若不能遇上伯樂，有才華之士，含鬱而終，無法一展所長。

千里馬常有，而伯樂不常有，由此而推衍出，雖有名馬，也得一匹接一匹的落入庸人之手，而最終鬱死於槽櫪之間。這一現象，論來鮮明有力，道理一説便明。而伯樂不出，天下之千里馬便不能盡其才，哀鳴也無人通其意，偏偏這些坐於高位的人，卻向天下呼喊説：天下無馬。這不是荒謬的事又是甚麼？

我們再細讀韓愈的其他篇章，當發覺他對於社會糟蹋人才的確書寫了不少牢騷，發了不少不平之氣，在他的仕途之中，也身體力行，提拔、鼓舞了不少後來俊秀，只是大氣候是君不聖，相不賢，奸人當道，有司不明不公，有才能的人，又怎能見用於世？

韓愈另外的一篇佳作〈祭田橫墓文〉，在昔日香港中學會考國文科中，曾列為會考範文，筆者讀中學時，初識韓文公，也是從這篇文章開始的。其中借祭田橫而抒發懷才不遇之情：

事有曠百世而相感者，余不自知其何心，非今世之所稀，孰為使余歔欷而不可禁？

為人才而鳴不平，他的墓誌銘，也變成了政論和雜感，可見將韓愈三百多篇文章分成書序、碑志及雜著三類，只是從形式而分。嚴格來說，韓文已打破書序、碑志與雜著之別，都在內容上抒發人生感慨、社會針砭，絕不以文立制，這是韓愈之所以為韓愈的特色。

從〈雜說四〉看，韓文如潮，若說他的文章寫得雄奇奔放，極具氣勢，應幾近矣！

下面再引一選段〈柳子厚墓誌銘〉的原文，在韓文如潮的文氣之外，還盡顯韓愈行文的深情，讀之叫人動容：

嗚呼！士窮乃見節義。今夫平居里巷相慕悅，酒食遊戲相徵逐，詡詡強笑語以相取下，握手出肺肝相示，指天日涕泣，誓生死不相背負，真若可信。一旦臨小利害，僅如毛髮比，反眼若不相識。落陷穽不一引手救，反擠之，又下石焉者，皆是也。此宜禽獸夷狄所不忍為，而其人自視以為得計。聞子厚之風，亦可以少愧矣！

遇有深情之誼，韓愈感慨殊深，他的墓誌銘，多是人物傳記，而借題發揮。魯迅的不少雜文，看來都有韓文此類雜感雜文的影子。

何陋之有

陋室銘　劉禹錫

山不在高，有仙則名；水不在深，有龍則靈。斯是陋室，惟吾德馨。苔痕上階綠，草色入簾青。談笑有鴻儒，往來無白丁。可以調素琴，閱金經。無絲竹之亂耳，無案牘之勞形。南陽諸葛廬，西蜀子雲亭。孔子云：「何陋之有？」

〈陋室銘〉這篇古文，是我一生中最早背誦的一篇文章，只花上二十分鐘，此文已在我的童年歲月中經常掛在口邊了。今天重溫此文，並撰文介紹，真有恍如隔世之感！

陋室，是作者被貶官至和州時興建的一座簡陋房屋，他稱之為「陋室」。至於「銘」，以文字刻於器，用來自警，或稱功述志，以誌不忘，都叫「銘」，座右銘中的「銘」，一樣有以誌不忘之意。劉禹錫為其陋室撰一銘文，是後世傳誦的佳作。

你能不背誦此文嗎？不可不知，此文只八十一字，但內容很豐富。開首的四句，用山水陪襯他的陋室，又用神仙與蛟龍來陪襯自己。他說，如山與水無仙與龍，那麼，山與水便徒有其高與深，如有仙有龍，則山與水不高亦高，不深亦深了。這樣的開始，已叫人眼前一亮，好，真會說話啊。

「斯是」兩句，正面提出了陋室與其主人，人既德馨（有德行之芬芳），室雖陋而不陋，反之，如人無德馨，則室雖不陋而亦陋了！

再讀下去，「苔痕」兩句寫陋室之景，苔綠長滿階上，草青送入眼簾，景色優美，這裏也再一次說出陋室一點也不陋。

「談笑」兩句寫主人與人交往，雅而不俗的朋友，此乃主人的雅人雅事。「無絲竹」則寫陋室環境幽靜，不受世俗繁囂的干擾。後面以諸葛亮、趙子雲所居的廬與亭來自比陋室。最末兩句引述聖人孔子之言，借他來稱頌自己的陋室實不陋也。

此文最有趣的是，既然從上面分析得知：本文並不以此室為陋，何以又名之為陋室？這就是本文最為人稱頌之處了！這也是作者作此銘的用意所在也。我不與世俗之見相同，人以為陋者，我以為不陋；人以為不陋的，我卻以為陋。

且看看住在裏面的人，又看看陋室四周的景致和環境，再看看來往的人，看屋主人做甚麼事？誰能說它陋呢？

但雖然不能說它陋，可是在世俗人眼中，它建得如此簡陋，仍是一座陋室啊！

本文信息：人，須注重品德，毋着意物質享受！修身養德，方是大者。

只要是君子，何陋之有？作者超然物外的清高人一格，在文中流露無遺了。語譯如下，方便對照，其實原文已很淺白了。

【語譯】

山不必怎樣的高，只要上頭有仙就出名；水不必怎樣的深，只要其中有龍就顯靈。這雖然是一間陋室，但只要我能發出德行的芬芳，使人遠遠聞到就成。碧綠的苔痕，爬上了土階；青翠的草色，映入了眼簾。談談笑笑的全是博學的雅士，來來往往的沒有粗鹵的俗人。可以彈彈素雅的古琴，可以讀讀佛家的金剛經。沒有嘈雜的樂器擾亂你的耳朵，也沒有官署的公文勞苦你的身心。這簡直是南陽諸葛亮的茅廬，也像是西蜀揚雄著書的玄亭。孔先生說過這樣的話：「這又有甚麼簡陋？」

心凝形釋，與萬化冥合

唐代文言散文（古文），以韓愈排首位，讀者學習〈雜説四〉「世有伯樂」一文，自然得益甚大，如此短小精悍的雜文，針砭時弊，於中唐社會，確是鏗然有聲之作。

如果要再選一篇，〈祭田橫墓文〉可以與〈雜説四〉一併研讀，讀韓文公兩篇，庶無愧矣。

然而，唐代有另一位與韓愈齊名的柳宗元，也是散文高手，他的遊記，尤其精妙，在唐宋八大家中，韓、柳二人，就代表了唐的古文運動，其餘六家，都屬北宋了。

我個人覺得，中學文憑試的中文科，對一些中國歷朝的重要文人，尤其是散文家，他們留給後世的論事、論人生、寫情、寫景的文言文，怎能不多一點涉獵呢？一些作品，我們可以把原文精讀，甚至將之背誦，在家中大聲朗誦，然後把文章放下，仰天而背誦（抬望眼，仰而長嘯式），使該作品成為我們古典文化學養的一部份，那是多麼充實的感覺！

因為時間有限，我們還有其他豐富的學問需要花時間學習，一些精彩的文言作品也就只可以閱讀一下內容，知其梗概便足夠了，比方讀柳宗元的散文，就可以用這雙管齊下的方法，把柳氏的幾篇代表作加以消化。其一，深入精讀〈始得西山宴遊記〉，這是柳宗元最重要的一篇遊記：他遊西山，借西山的怪特，烘托出一個偉大的人格出來。表面上是描述西山遊，內裏則抒發心中之抑鬱，表達了深沉的哲思。寫了山，也寫了人，特別是他說：「不與培塿為類，悠悠乎與灝氣俱而莫得其涯；洋洋乎與造物者遊而不知其所窮。」實是盡抒胸中塊壘也。

我們能將全文背誦，一定會發覺樂趣無窮，我特別喜愛「心凝形釋，與萬化冥合」的境界，柳宗元的遊記，就是這樣美妙的了。

今刊載全文附上語譯，讓大家細賞。

始得西山宴遊記　柳宗元

自余為僇人，居是州，恆惴慄。其隙也，則施施而行，漫漫而遊；日與其徒上高山，入深林，窮迴溪；幽泉怪石，無遠不到，到則披草而坐，傾壺而醉；醉則更相枕以臥；臥而夢，意有所極，夢亦同趣；覺而起，起而歸。以為凡是州之山有異態者，皆我有也。而未始知西山之怪特！

今年九月二十八日，因坐法華西亭，望西山，始指異之。遂命僕過湘江，緣染溪，斫榛莽。焚茅茷，窮山之高而止。攀援而登，箕踞而遨，則凡數州之土壤，皆在衽席之下。其高下之勢，岈然、窪然，若垤、若穴，尺寸千里，攢蹙累積，莫得遯隱。縈青繚白，外與天際，四望如一。然後知是山之特出，不與培塿為類，悠悠乎與灝氣俱而莫得其涯；洋洋乎與造物者遊而不知其所窮。引觴滿酌，頹然就醉，不知日之入。蒼然暮色，自遠而至，至無所見，而猶不欲歸。心凝形釋，與萬化冥合，然後知吾嚮之未始遊，遊於是乎始，故為之文以志。

是歲元和四年也。

【語譯】

自從我以罪人身份，住在這個州裏，老是覺得不開心。沒事時，便無罣無礙地散步，漫無目的地遊覽；天天只同幾個合得來的朋友，或是爬上高峭的山峰，或是穿入深密的樹林，或是追踪曲折的溪水；所有本州幽僻的泉源，奇怪的岩石，不論距離多遠，差不多都到過。照例一到便扒開草兒坐地，倒出酒來共醉；醉了便彼相枕睡覺，睡覺做夢，心裏最高興的，夢裏也反映着同樣的趣味。睡醒了，就起來；起來了，就回去。滿以為所有這個州裏的山，有特別姿態的，都是我私有的了；可是卻一直還不知道那座怪特的西山。

今年九月二十八日，因為坐在法華寺的西邊亭子裏，遠遠瞧見了西山，才指着覺得它奇特。當即派僕人渡過湘水，沿着染溪，斫去叢穢的小樹，燒掉雜亂的茅草，一直工作到山頂方始罷休。然後我們才攀援着上去，曲膝坐一地，縱目遊觀，只見所有幾州的地盤，全都擺在臥席下面一般。那種高高低低的形勢，有的是內部空洞洞的山，有的是低下黑黝黝的谷；有的活像小土阜。有的恰如小窟窿；尺寸之間，席捲千里，簇簇堆堆，清清爽爽。圍的是青山，繞的是白水；外面更和蒼天交界，無論從東西南北哪個角度看，都使人覺得好像天地山川一體渾然。這樣一來，才發覺到這山的特出之點，不和普通山兒一樣；簡直它的悠悠綿遠，就和天地的起源一道，使人摸不到邊兒；簡直它的洋洋自得，就和最高主宰的精神相契，使人看不出究竟。於是痛快地拿出酒杯斟滿了酒，直喝到虛飄飄地醉倒，連太陽已經下山都不知道。直到那沉沉的夜幕，從遙遠的地方伸展出來，來到已看不見東西了，猶自不想回去。這個時候，我的心已經凝定了，軀殼已經解脱了，已經和天地萬物冥合為一了；這樣，才知道我過去實在沒有真正遊覽過，真正的遊覽實在是今天才開頭。所以做這篇小文作為紀念。

這年是元和四年。

寫老虎的心理細膩生動

柳宗元的〈江雪〉一詩，其實很能象徵他生於中唐，心繫家國的心事。〈江雪〉中的雪地釣翁，不就是他那種堅毅不拔的自我寫照碼？

千山鳥飛絕，萬徑人蹤滅。
孤舟簑笠翁，獨釣寒江雪。

短短的五言絕句，不弱於陳子昂的〈登幽州台歌〉，此詩可謂獨步千古。上篇我們介紹了他的山水遊記代表作：〈始得西山宴遊記〉，我個人認為這是一首值得背誦的古文，而且由於寫來暢達飽滿、音韻鏗鏘，使背誦變得是容易的事，很快便可朗朗上口矣。

大家讀古文，宜選擇容易上口的篇章及內容豐富的名家代表作為背誦對象，至於一些內容有特色、但背誦有難度而且需時的篇章，我則建議只去理解內文，拿白話語譯去對讀而不花時間去背，這樣，即使如高中生遇到在公開考試試卷出了這類文章作閱讀理解題時，也有了一定程度的熟悉感，做起文言文的閱讀理解時就可以事半功倍了。

柳宗元以山水遊記見長，但同時享有盛名的代表文類，還有寓言和傳記，我們特別在裏這裏推介兩篇寓言佳構：一是〈臨江之麋〉，一是〈黔之驢〉。至於傳記，又怎能不讀一讀〈種樹郭槖駝傳〉，看種樹專家怎樣發揮他的種樹哲學呢？

這三篇文章中，以〈黔之驢〉最具特色，文中尤其寫到老虎的心理，非常細膩：貴州的老虎在山上見到自己從不認識的驢子，龐然大物的身形，還以為是神仙的化身而心存懼意，於是作者乾脆用上老虎的角度，寫出牠的心理狀態：一步一步的進行觀察、了解有關驢子的生活實況，最後老虎掌握了驢子全部資訊，用一句「技止此耳」作為牠了解眼前獵物的最後總結，便一躍上前把驢吃進肚子了。

虎的心理、驢的叫聲和動作，描述得傳神細緻，使這篇寓言寫來很有情節的感覺，最後一小段揭示主題，使一篇短短的散文富於特色，宗元散文的功力，於此可見。

黔之驢　　柳宗元

黔無驢，有好事者船載以入，至則無可用，放之山下。虎見之，龐然大物也，以為神，蔽林間窺之。稍出近之，慭慭然莫相知。他日，驢一鳴，虎大駭遠遁，以為且噬己也，甚恐，然往來視之，覺無異能者；益習其聲，又近出前後，終不敢搏。稍近益狎，蕩倚衝冒、驢不勝怒，蹄之。虎因喜，計之曰：「技止此耳。」因跳踉大㘎，斷其喉，盡其肉，乃去。

噫！形之龐也類有德，聲之宏也類有能。向不出其技，虎雖猛，疑畏卒不敢取。今若是焉，悲夫！

【語譯】

貴州這地方本沒有驢子，有好事的人用船載了一隻去，到達後卻無用場可派，把牠放在山下。老虎看到牠——這麼龐大的傢伙呀，以為是位神，隱藏在樹林中偷偷地窺探。漸漸就走出來靠近牠，小心謹慎地不敢造次，可是仍然猜不透牠是個甚麼東西。另一天，驢子鳴叫了一聲，老虎大驚，遠遠地逃跑了，以為牠要來吃自己，非常恐懼。然而又往來看了幾次，覺得牠並沒有別的本領，更加聽慣了牠的聲音，便又來靠近牠，走到牠的前面看看，再到牠的後面看看，終究不敢惹牠。以後漸漸不怕了，試着靠前來，更加設法戲弄牠：在牠面前跳動，使身體貼近，衝過來，追上去，這樣一來，驢子忍不住怒氣，使用蹄子踢老虎。老虎便樂了，心想：「牠的本領不過這樣罷啦。」於是跳上前去，狠狠地咬牠，咬斷了牠的咽喉，吃盡了牠的肉，便走了。

唉！形體龐大，看去像是有德的；聲音宏亮，聽來像是有些技能的。如果始終不顯露牠的拙劣的本領，老虎雖然兇猛，因為懷疑、畏懼，到頭仍然不敢怎麼對牠的。現在卻像這樣的下場，可悲啊！

寓臨江小鹿，寫種樹阿駝

上一篇向大家推介了柳宗元寫的〈黔之驢〉，認為作者筆下所寫的虎，以其心理活動為焦點，一層一層描寫出虎對獵物的觀察，寫來仔細生動：先從隱身之林間窺探（蔽林間窺之）；第二步是「稍出近之」，非常謹慎恭敬的樣子（憖憖然莫相知）；第三步是驢大叫而被嚇了一跳急遁；第四步是，往來再看清楚，發覺驢似是沒有異能（然往來視之，覺無異能者），到第五是「益習其聲，又近出前後，終不敢搏。」第六步驢便「稍近益狎，蕩倚衝冒」，使其不勝憤怒，用蹄踢虎（驢不勝怒，蹄之）；最後，一聲「技止此耳。」因「跳踉大㘎」了。

如果這散文你覺得寫得絕佳，很想將之背誦，我也認為是很值得的。

第二篇寓言為大家推介的是〈臨江之麋〉，亦屬佳作，原文是：

臨江之人，畋得麋麑，畜之入門，群犬垂涎，揚尾皆來。其人怒怛之。自是日抱就犬習，示之使勿動，稍使與之戲。積久，犬皆如人意。麋麑稍大，忘己之麋也，以為犬皆我友，抵觸偃僕益狎。犬畏主人，與之俯仰甚善，然時啖其舌。三年，麋出門，見外犬在道甚眾，走欲與為戲。外犬見而喜且怒，共殺食之，狼藉道上。麋至死不悟。

這篇散文寫家中群犬垂涎於這一頭小鹿，用「然時啖其舌」一句，已曲盡其妙了，因而到小鹿走到街外，「外犬見而喜且怒，共殺食之」，也就順理成章了。用字精簡，過程卻說得清楚非常，宗元確然是散文高手。

【語譯】

臨江的人，獵得了一隻小鹿，收養在家裏。他的一群狗都流着口涎，揚着尾巴來了。這人一見，又氣又驚。從此天天抱着小鹿，和這些狗親近，最初不讓狗動，慢慢就使狗逗着小鹿玩耍。日子一久，狗都能如人意了。小鹿漸長，牠忘記自己是麋鹿了，以為狗真是自己的朋友，於是也碰、也撞，也仰着躺下，也伏着倒地，和狗遊戲，愈發親熱。狗怕主人，和小鹿玩得很好，不過時時饞得自己咬舌頭。待了三年，麋鹿走出門外，看到外面道上很多狗，走過去想和牠們遊戲。外面的狗看到麋鹿，又是喜歡又是惱怒，一齊下手殺死牠，把牠吃掉，屍骨散亂在道上。

麋鹿到死也沒有醒悟。

最後一談的是我認為佔第三地位的柳宗元傳記散文。這些散文以下層人物——勞動者為描述對象，而不是以歷史人物作傳，這是他的人物傳記書寫的一大特色。

柳宗元人物傳記中最為人稱頌的，莫如一篇為富有種樹經驗的〈種樹郭橐駝傳〉的散文，通過兩種種植樹木的方法的對比，闡釋了養物要順乎天性的道理，最終還刻意以植樹來喻政，對領導官員擾民的劣行作出有力的批判，可見這雖然是打着寫人物的招牌，但最終還是說理論政、關注民生，這是柳宗元一生的唯一課題。

為節省篇幅，只將選段語譯刊出，給讀者了解這篇人物傳記的內容，也就夠了：

【語譯】

「……既然種好了，就不要動它，也不要掛慮它，走開不必回顧。種上的時候，像是有了寄託一樣；種完的時候，像是拋棄了東西一般；那麼，它的先天就能保全，它的本性就能舒展了。所以我只是不妨害它生長罷了，並不是能夠使它高大而茂盛；不損傷它的果實罷了，並不是能夠使它早結而繁殖。別的種樹人就不是這樣，樹根弄得拳曲着，泥土常常換新的；培土的時候，不是太多，就是不夠。即使有不這樣的，卻又愛護得太殷勤，掛慮得太過份，早晨看看，晚上摸摸，已經走開，再回頭看顧；更厲害的是，拿手指甲弄破樹皮看是死是活的，搖動搖動樹幹，看看埋的泥土是疏是密。這樣一來，樹木的本性便一天一天地逐漸失去了。雖說是愛它，其實是害了它；雖說是掛慮它，其實是仇視它；所以都不如我的。我又哪裏有甚麼特別的技倆呢？」

問的人說：「把你種樹的道理，挪用到政治上去，行不行？」橐駝說：「我只知道種樹罷了，政治不是我的職業。不過我住在鄉裏，看到做官的喜歡發出一些煩瑣的命令，像是很愛惜人民似的，可是人民終於受到禍害。無論白天晚上，總有差役來喊着說：『官府有命令，催促你們耕田，勉勵你們種植，督促你們收穫。早些繅你們的絲，早些織你們的布。教養你們的小孩，餵大你們的雞豬。敲着鼓打着梆子，召集人民開會。我們這些小百姓，為了接待侍應差役，飯都來不及吃，忙得一點閒空也沒有，更怎麼能使我們的生活過得好，我們的性命得到安寧呢？所以大家都覺得這樣子困苦又疲勞。這樣說來，政治和我們種樹的這一行業，也有類似的地方吧？」

問的人笑道：「這不也很好嗎？我問養樹，卻得到了養人的方法。把這事記下，給做官的作為警戒罷。」

先憂後樂的虛妄

范仲淹借〈岳陽樓記〉抒寫自己個人的人生觀，把古代讀書人報國憂民的思想盡情呈現，當時北宋社會內憂外患（內政改革未遂、北族入侵頻仍），「忠君」又是當年無可逆轉的倫理綱常，是以忠君也就是愛國，愛國又必然是愛民，國、君、民三者成為士大夫的人生價值觀所繫，也是儒家思想實踐人生理想的唯一走向。

范仲淹這篇文章，在最後一段把這種思想說得很清楚：「居廟堂之高，則憂其民」——即是手上有權，可以為百姓効命，解其憂困；「處江湖之遠，則憂其君」——便是自己失卻朝廷皇帝之寵任，貶謫江湖，但離開了高高的廟堂，唯有憂心君主，望他能洞悉身邊的奸臣，有一日會覺醒過來。

從范仲淹這兩段話去理解士人的悲哀，大家當知道中國歷朝政治的悲哀所在吧！知識分子滿腔理想，只能寄望在一個君王身上，君賢叫政賢，君昏則政昏，讀書問政的知識士子必然悲哀，中國廣大老百姓也更加悲哀，就不用再說了！

范仲淹：是進亦憂，退亦憂，然則何時而樂耶？

那當然是一種簡單的總結。說治天下時就為民生而憂；到手上的治國權力被褫奪後，就會憂心君主受到蒙騙，其實也是為了自己理想落空，人生落魄而憂傷！

中國的士人，在范仲淹的文章裏，真的活靈活現了，我們試想：屈原、杜甫這些數之不盡的中國人偶像，不就是這樣的嗎？

最後，范先生來一個自我安慰：說以上所談的進退也都要憂，但也可以問一句：真的沒有快樂的時候嗎？按理，范先生無法作答，因為中國把所有的希望都寄託在一個統治天下的皇帝身上，基本上無法保證！

最後竟然給他避開了一切疑問，寫出一個絕對不是答案的答案出來：「先天下之憂而憂，後天下之樂而樂！」

何時得到快樂？全中國的人（至少全中國百姓吧）都快樂了，那時，我就可以得到快樂了。

但，這一天又怎可能達至呢？若不能達至的話，試問又何來快樂呢？這似乎是答了何時快樂，但只是字面上言，實際來説，范所要的快樂，是不可能達至的。

如果我説，范仲淹的結論，表面上可以有先憂後樂，但這後樂的虛妄，大家應該也可推想得到吧？

對於作者的高論，今人多數將之觀作一種理念：就是我們努力服務老百姓，不談得到甚麼，但求全心全力去做就是，縱使有憂而無樂，就在所不計了。

也因此，這一名句標示了人生的一個境界，這是一種淑世精神，非我役人，乃役於人。由於人生處處都是自私自利、戕害公益、不講公道、醜態畢露，先生立志為百姓解憂，所謂「先憂後樂」，其志也在於此。

歐陽修與〈醉翁亭記〉

唐代散文家，我們介紹了韓、柳，韓愈筆下如潮的氣勢，柳宗元激切的諷喻及對現實的憂憤（山水遊記亦有自憐幽獨），體現了唐代散文的時代風格。認識唐代散文，非讀二君之作不可。

這一篇，我們去到北宋這個朝代，北宋的一代文宗，不能不推歐陽修歐陽公了。

他是唐宋八大家中宋代的代表人物，也是北宋古文運動最具份量的人物，說他領導群倫，一點也不誇大。

歐陽修以其擔任朝廷考官的職位，進行了北宋文風的革新，鼓勵質樸散古，痛斥艱澀險怪的文章。八大家中的蘇氏三父子，就得到他的扶掖，最終卓然成家，成就斐然。

歐陽修文筆平易自然、委婉曲折；而不少篇章都滲透着他的人生觀照，流露了盛世的危機感、瀰漫着人生不再的哀嘆。我們在這裏舉一些中學生和大學生也應該拜讀的歐陽公代表作，從而了解作者的文筆和心懷，明白北宋一代宗師的散文特色，第一篇要推介的，就是文言散文其中最平易淺白的一篇了。

遊記散文，很少是寫單純的記遊和記事，往往是記遊記事為線索，以抒情作為文章的重心，〈醉翁亭記〉是歐陽公貶謫滁州後的抒情作品。

文章一開始就描述滁州山水，寫法是由全景而近景，最後聚焦於醉翁亭，並由醉翁亭引出主角——他自己，滁州太守歐陽修：醉翁！這種別出心裁的寫法，很富現代的電影感，鏡頭由遠而近，特寫了醉翁亭，再定格於醉翁身上，叫人嘆為觀止！

然後對山間季節的變易而勾畫了四時景色，寫來簡潔而鮮明，用平易的文字，卻能叫人留下深刻的形象和記憶。

作者又以良辰美景帶出官民同樂的場面，氣氛極佳，最後的一段更推到一個境界：從官民眾樂而到醉翁之樂，層層推進，敍述分明而生動，語言流暢自然，且富節奏感。

細數此文所用的「也」字，竟有二十一個，這個「也」字，使我們朗讀此文時，得到一種錯落有致、從容不迫的效果。

這篇遊記，成為歐陽修的「招牌作」之一，因為在寫作上正正突出了平易淺白的特點，他的文章，從不用艱澀難懂的詞句，〈醉翁亭記〉尤其平易流暢，而層次分明，寫景寫人一層一層的推進，有條不紊，娓娓道來，具有委婉細緻的歐陽公文章本色。

全文抒發了與民同歡共敍之樂的恬澹，以及個人的無拘無束的性情，這是文章的主要題旨，然而，若果把最後一段細心品味的話，當發覺醉翁亭中一幅頹然而醉、日暮人散的景象：「夕陽在山，人影散亂」；「樹林陰翳，鳴聲上下」。我們讀到這裏，不難感到歐陽修內心對人生歡愉不多的感喟，當然，筆觸對此並不見得有具體鮮明的指向，只是文章末段中的字裏行間，那份淡淡的憂愁，還是可以感覺得到的。這種特別的感喟，我們到談〈秋聲賦〉時再細說吧！

醉翁亭記　　歐陽修

環滁皆山也。其西南諸峰，林壑尤美；望之蔚然而深秀者，瑯琊也。山行六七里，漸聞水聲潺潺，而瀉出於兩峰之間者，釀泉也。峰迴路轉，有亭翼然臨於泉上者，醉翁亭也。

作亭者誰？山之僧智仙也。名之者誰？太守自謂也。太守與客來飲於此，飲少輒醉，而年又最高，故自號曰醉翁也。醉翁之意不在酒，在乎山水之間也。山水之樂，得之心而寓之酒也。

若夫日出而林霏開，雲歸而巖穴暝，晦明變化者，山間之朝暮也。野芳發而幽香，佳木秀而繁陰，風霜高潔，水落而石出者，山間之四時也。朝而往，暮而歸，四時之景不同，而樂亦無窮也。

至於負者歌於塗，行者休於樹；前者呼，後者應；傴僂提攜，往來而不絕者，滁人遊也。臨溪而漁，溪深而魚肥；釀泉為酒，泉香而酒洌；山肴野蔌，雜然而前陳者，太守宴也。宴酣之樂，非絲非竹，射者中，弈者勝，觥籌交錯，起坐而諠譁者，眾賓懽也。蒼顏白髮，頹然乎其間者，太守醉也。

已而夕陽在山，人影散亂，太守歸而賓客從也。樹林陰翳，鳴聲上下，遊人去而禽鳥樂也。然而禽鳥知山林之樂，而不知人之樂；人知從太守遊而樂，而不知太守之樂其樂也。醉能同其樂，醒能述以文者，太守也。太守謂誰？廬陵歐陽修也。

論人生百憂的篇章

讀歐陽公的散文，深感其文筆的平易自然，通過〈醉翁亭記〉的鑑賞，你也會深深的認同吧。他還有一種類似書信和答辯的應世文章，説理委婉而立場鮮明，是他文章的另一個特色。

不過這篇想跟大家介紹的，是歐陽公的牢騷與寄意，那是他抒發人生思維的另一個面貌，大家還記得我在介紹〈醉翁亭記〉一篇説過，醉翁在賓客歸去，連山中鳥群飛走之後，日暮中留下他一個人頹然而醉於林中，作為全文的尾聲，我感到他那份淡淡的憂鬱，也許在他心底，有着不少的感喟。生於北宋、長年在士林官場之中，思想上貼近群眾的歐陽修，內心的世界怎可能不存放着多番的喟嘆？

這種滿腹傷懷之情，〈醉翁亭記〉寫山林之樂，尾聲叫我有一種預感，到讀他的〈秋聲賦〉——一篇從秋夜讀書聽到秋聲到他對秋各方面的描述。最後以秋的肅殺，説出人生百憂的哀怨——更能感受到歐陽公的內心，雖非「怨天」，實有「尤人」之意。北宋的社會和政治人心，叫他能不「怨」乎？只不過他特藉秋聲而寄情，他個人的際遇，種種挫折與苦痛，雖云由自己承擔，不必「恨乎秋聲」！但從歐陽子的嘆息中，我們絕難同意：叫人們摧敗零落的，僅是來自自然界的秋嗎？難怪歐陽修只能無言，由四壁之蟲聲唧唧，以助他的嘆息了。

〈秋聲賦〉是歐陽修的人生體驗的思想結晶，若說東坡先生的〈前赤壁賦〉是「豁達而灑脫」，則歐陽先生的〈秋聲賦〉則是「憂戚而哀怨」了。

這是大家必讀的佳章，可借語譯去認識和了解全文。背誦費時，那就不必一定要去做了，但全文寫來，手法獨特，很值得跟大家討論一下。

秋聲賦（選段）　歐陽修

「夫秋，刑官也，於時為陰；又兵象也，於行為金；是謂天地之義氣，常以肅殺而為心。天之於物，春生秋實。故其在樂也，商聲主西方之音，夷則為七月之律。商，傷也，物既老而悲傷；夷，戮也；物過盛而當殺。」

「嗟乎！草木無情，有時飄零。人為動物，惟物之靈。百憂感其心，萬事勞其形；有動乎中，必搖其精。而沉思其力之所不及，憂其智之所不能；宜其渥然丹者為槁木，黟然黑者為星星。奈何以非金石之質，欲與草木而爭榮？念誰為之戕賊，亦何恨乎秋聲！」

童子莫對，垂頭而睡。但聞四壁蟲聲唧唧，如助余之嘆息。

【語譯】

「要知道，秋是刑官的名稱，按四季來講，它是屬於『陰』；又是戰爭的象徵，按五行來講，它是屬於『金』；這就是所謂天地的嚴肅之氣，嚴厲摧殘就是它的本性。上天對於萬物，春天使牠們生長，一到秋天就使牠們結果。所以秋在音樂上，是五音中純粹西方之音的『商』聲，是十二律中作為七月之律的『夷則』。『商』，是悲傷的意思，萬物已經老了的時候都會悲傷；『夷』，是殺戮的意思，萬物過於興盛的時候就應衰亡。」

「唉唉！草木沒有感覺，到了時候才會飄零，人是動物，在萬物之中最靈，卻愛有百樣憂慮煩擾他的心，有萬種事由勞苦他的身；心裏一有感動，必定消耗他的精神。何況還尋思那些他的力量不能辦到的事體，憂慮那些他的聰明不能解決的疑問；這樣自然那紅潤的面龐就會變成乾枯的木柴，烏黑的頭髮就會變成灰白的荒梗。不知為了甚麼，本來並沒有金石那樣堅實的質地，卻偏要跟繁茂的草木來鬥艷爭榮？應該想想殘害自己的是誰，又何必多此一舉去怨恨秋聲！」

童子沒有說甚麼，低下頭睡着了。這時陪着我嘆息的，只有牆角邊唧唧的蟲聲。

〈秋聲賦〉：盛世危機的預感

文章一開始就已經把歐陽修秋夜讀書聽到了秋聲，進而把他直感中的秋聲印象帶了出來。

大家請欣賞一下他筆下怎樣描述直感中的秋聲：

起初淅瀝、蕭颯，忽然就奔騰、澎湃，如排山倒海的驚濤巨浪，又像襲來的狂風驟雨——把深夜的靜寂驅走。這聲音和任何東西一接觸，就發出鏦鏦錚錚的聲音，像金鐵互撞而鳴，又如軍隊趕赴戰場，秘密地火速進軍，聽不到號令，只聽到人馬奔馳的步伐聲響。

這一段初寫秋聲，足以駭人，為他下面寫秋聲引出的深沉感慨鋪了伏筆！想不到沒有情節的散文，在歐陽修筆下，寫得如同小説般佈下了伏線，為他下面深沉的情懷預先寫下了預感。

下面的發展，也叫我們想起，歐陽修的散文，很重視層次。秋聲的出現，先來他個人的印象——聽了秋聲傳來的初步印象。

然而，他叫童子出外看看聲音何來，童子回報：聲在樹間。

歐陽先生這時才正式說：此秋聲也。

這一「故弄玄虛」的手法，使文章寫來有一種曲折變化的效果。

他在這裏說：「悲哉！此秋聲也」跟先前他尚未百分百肯定是秋聲時的「異哉！」是大大不同了。他感到吃驚——他最怕的秋聲竟然來了。

跟着，他開始細心描述秋之色，秋之容、秋之氣、秋之意，然後歸結到秋聲，並說明了它的作用。

接着的一段，他的筆鋒完全放在一段說理的文字中——對秋的解說，以揭示「秋」的本質，這裏所用的道理，也是陰陽家天人關係的理論，乃古時一種強調人得順天命而盡人事的說法，而其中的人為能力，在天命下，恐怕只能是一種徒然！這從而引出他的悲嘆：

「物既老而悲傷」和「物過盛而當殺」此現象便是自然之理，人力無從抗拒。

而歐陽修的滿懷牢騷與慨嘆，就在這最後的一段文字中傾訴無遺了：一個人受到摧殘（渥然丹者為槁木，黟然黑者為星星），我們就不能怨天了，因秋之肅殺，如上所説乃自然不可逆之理，故此「何恨乎秋聲」！換言之，就是説，我們既不能怨天，就只能自怨而已！

表面看來，作者似是寫一種「天命不可違」——我們的人生只能安天知命，與世不爭了？正如文中所言：「奈何以非金石之質，欲與草木而爭榮？念誰為之戕賊（殘害自己的是誰？），亦何恨乎秋聲！（何必怨恨秋聲？）」其實天命不可違自有其必然，但人間的百憂卻未必由天命而來，歐陽修深沉的感慨，應該是那個時代、那個社會家國中的危機所引發的，一方面是人生難再的局限叫人感嘆，叫人無助，另一方面北宋社會的政治，國家命運的重重危機，都使得歐陽先生深深預感那盛世的危機山雨欲來，心中的強烈哀怨也就自然難以掩抑了。

只落筆於蓮

愛蓮說　周敦頤

水陸草木之花，可愛者甚蕃。晉陶淵明獨愛菊；自李唐來，世人甚愛牡丹。予獨愛蓮之出淤泥而不染，濯清漣而不妖；中通外直，不蔓不枝；香遠益清，亭亭淨植，可遠觀而不可褻玩焉。

予謂：菊，花之隱逸者也；牡丹，花之富貴者也；蓮，花之君子者也。噫！菊之愛，陶後鮮有聞；蓮之愛，同予者何人？牡丹之愛，宜乎眾矣！

【語譯】

在水裏和陸地上，無論草本的、木本的花，可愛的很多；晉朝的陶淵明專喜愛菊花。

自從唐朝以來，社會上的人，都非常喜愛牡丹。我單單喜愛蓮花的從淤泥裏生出來卻染不上污濁，在澄清的水波裏洗濯卻不妖艷；當中是通着的，外面是透直的，既不像蔓生植物那樣彎曲，也沒有枝節；發出來的香味，愈遠愈清雅，亭亭地、純潔地聳立着，可以從遠處觀看欣賞，不好去狎褻玩弄它。

我說：菊花，是花裏面的隱士；牡丹，是花裏面的富貴人；蓮花，是花裏面的君子。咳！對於菊花的愛好，陶淵明以後就很少聽見過；對於蓮花的愛好，和我一樣的是誰呢？對於牡丹的愛好，當然就多了！

這雖是一則小品，但文言小品像它寫得如此耐人咀嚼的並不多，也因它的淺白易懂，所以文章中所載的道理，也能廣為流傳，以花喻人，可以讓我們自我品評，甚且用以「閱讀世人」，明白做人的道理各有差異。

大學時，修讀哲學老先生的「宋明理學」，其中有一課，就談到周敦頤（本篇文選〈愛蓮說〉的作者）和他的兩位學生：程顥和程頤，因而頗能欣賞這位為後人尊崇的濂溪先生，想不到宋代理學大師的文言小品寫得這麼好，也因而翻查宋詩，讀到不少周濂溪及其弟子二程的短詩，獲益匪淺。

〈愛蓮説〉屬於我們必定背誦之作，如果文言文都像周敦頤的〈愛蓮説〉寫得這麼動人，篇篇背誦又何妨？

蓮，即荷花，果實稱蓮，花稱蓮花。又名芙蕖、菡萏，值得大家一知，讀古詩必定讀到的了。今天我們人人都知道，蓮花的清雅純潔，喻君子的高尚品格；菊花以隱士作喻；牡丹則喻熱中富貴的人，但作者此文並無議論文字，只向人解説蓮花的可愛，喻君子的品質而已，對於菊花和牡丹，並無低貶之意。然而，他雖不敢議論，但文中卻有感慨：説菊之愛稀而牡丹之愛眾，這一慨嘆，你又不能説完全沒有個人見地在！但他不直接指向，只用愛者多寡而喟嘆，由得人們自行去理解，這是本文的巧妙之處。

至於只落筆於蓮花，卻寫活了君子，則更高妙了。

兩首小詞看東坡

早前讀東坡，本是研究他的散文，誰知朋友口頭經常掛着他的〈浣溪沙〉小詞，尤其那句「門前流水尚能西」，總是問我：河水不是「人生長恨水長東」的向東流逝嗎？何以東坡門前的流水，可以流向西而不是流向東？

然後他又再問：〈定風波〉一詞，有一句「也無風雨也無晴」，不就是天不晴就是陰？何以不陰不晴呢？

這兩首小詞，很能寫出了東坡被謫黃州後的生活與心情，很值得細讀，朋友的問題，不就是讓我們有緣細心考究東坡詞的妙意嗎？

浣溪沙　　蘇東坡

（遊蘄水清泉寺，寺臨蘭溪，溪水西流。）

山下蘭芽短浸溪，松間沙路淨無泥。蕭蕭暮雨子規啼。

誰道人生無再少？門前流水尚能西，休將白髮唱黃雞。

這小詞是蘇軾貶居黃州後北宋元豐五年寫的。那時他與醫好他疾病的醫生同遊清泉寺，寺在蘄水郭門外，有蘭溪，溪水西流。也許是罕見有流水向西的吧，東坡遂寫此小詞並作歌。

小詞前三句的山川風物，對東坡貶居生活，無疑是敞開心扉的靈藥，在如此爽朗超逸的環境，引出他下面三句青春之呼喚，他那曠達的人生之歌，很自然地流露無遺了。

小詞叫我們想像到清泉寺所見的幽雅風光，潺潺流溪，兩邊蘭草之幼芽，而松林山路，一塵不染，黃昏細雨，傳來杜鵑聲聲，這清幽的環境洗滌了蘇軾的官場、市朝的囂鬧，讓他品味自然的悅樂。

至此，他體悟了人生：誰説人無兩度再少年？只要人能煥發青春、自強不息，光陰也不一定像流水般向東流逝，眼前的蘭溪，流水不是也能向西奔流？請勿再用白髮、黃雞來比喻時光匆促，説甚麼白髮衰顏、黃雞催曉了！

東坡自強自勵，一反感傷遲暮之調，雖在貶謫生活中，卻充盈樂觀的色彩和青春的召喚。東坡另一首詞〈定風波〉，也是作於元豐五年，那時他在黃州想買一塊田，就在往相田途中遇雨作了此詞，這詞簡樸，卻富哲理，讀之，方知黃州果然洗滌了蘇軾的心靈。

〈定風波〉　蘇東坡

（三月七日，沙湖道中遇雨。雨具先去，同行皆狼狽，余獨不覺，已而遂晴，故作此。）

莫聽穿林打葉聲，何妨吟嘯且徐行。竹杖芒鞋輕勝馬，誰怕？一蓑煙雨任平生。

料峭春風吹酒醒，微冷，山頭斜照卻相迎。回首向來蕭瑟處，歸去，也無風雨也無晴。

一場雨，驟然打來，人皆狼狽，但東坡屬不覺，何以致之？是外物不是縈懷吧了。看他「何妨吟嘯且徐行」，不但不感狼狽，還在吟嘯自樂，徐步而行！何妨？誰怕？是他生命中的俏皮，學我乎？

穿芒鞋，提竹杖而步行，雖較達官貴人騎馬而行來得不便和不捷，然而卻能使我輕快呢！此一輕，可說是「無官一身輕」，是竹杖芒鞋給我的「輕」，我這世間聞客輕步而行，是勝騎馬的官人得多了——縱使雨中行路，也感輕盈！

「一蓑煙雨任平生」一句，並非指沙湖道遇雨，想披上一件蓑衣；而煙雨也不是指沙湖道中所見的煙雨。這裏的蘇詞，是指江湖上煙波風雨，以「一蓑煙雨任平生」是指他自己欲退隱江湖，不再渾噩於官場：「小舟從此逝，江海寄餘生」也。

江湖上的風風雨雨，比之宦海，他反覺可喜，這是他的「一蓑煙雨任平生」的真義吧！

「山頭斜照卻相迎」，天已放晴了，這時再回顧來時所經之蕭蕭風雨（蕭瑟：風雨聲），他的感觸是：在人生道路上，風雨也好，晴天也好，在我心中，都沒有關係，都不會使我有甚麼介懷的，在我來說，從來不覺得這是一回事，心裏從來就沒有風雨，也不理會天是否已放晴。從蘇軾貶謫黃州的生活看，他是真真正正的豁達和參透了。

蘇軾的〈記承天寺夜遊〉

蘇軾的〈記承天寺夜遊〉，是文言散文一篇經典小品，為後世所稱頌，譽為筆記體的傑作。

遊記只有八十四字，用上最簡練的文字，但卻變化多端，其中一段，寥寥數筆，就能將一個幽靜明淨的夜景寫了出來，而從中記寓了夜遊者自適恬靜的心境，叫讀者明白到東坡謫居黃州後，遠離官場的擾鬧，心間一片澄明，纖塵不染。

文章一開始就用上了寫日記的開場白：把年月日夜寫出，這是他謫居生活的其中一天的夜，最平常不過的一個夜，他寫這個夜，沒甚麼事可幹，正解衣欲睡，但卻被眼前的月色吸引了——月色入戶，便不想睡了，高高興興地起行——散步來了，行了一會，覺得身邊欠了一個同樂的人，一個也會愛在澄淨幽靜的月夜散步的同伴，想起他會是共樂的人，便向承天寺走去，尋他——張懷民——他也就是蘇轍在〈黃州快哉亭記〉提及過的清河張君夢得，尋這一位也是被貶官到黃州的好朋友，好了，找到張懷民了，他倆會有甚麼樂可尋？這裏，東坡見了好友，只寫了兩句：「懷民亦未寢，相與步於中庭。」

作者就寫兩個人只是在承天寺中庭散步。

整個晚上，承天寺夜遊的「主戲」就是下面幾句描景的文字，且看：

「庭下如積水空明，水中藻、荇交橫，蓋竹柏影也。」

庭下有一「潭」積水，而且在月色下空明得可以看見橫斜交錯的各種水草——院子怎會有藻、荇一類的水草？

我們可以想像，這時東坡抬頭一看：見到竹和柏，又見到天空上的明月，立刻明白了，地上並無如一潭的積水，更無水中的藻荇，只是月光映照出來的竹柏葉子的倒影罷了！

這就是承天寺皓月帶給蘇軾和張懷民的夜遊之樂，也成為這篇遊記的最大亮點吧！

不過，這篇精彩的小品，我認為最能寫出蘇軾自己夜遊之樂的，倒是最後的三句：

「何夜無月？何處無竹柏？但少閒人如吾兩人耳。」

月不是主角，竹柏不是主角，主角是我們兩人，不，應該説，是閒，是閒人，這才是記承天寺夜遊的最大意思。

只有閒，有閒心，眼前的月色和竹柏，才能構成美景。這「閒的心」，也是蘇軾和懷民共有的樂，讀到這裏，又叫我想到蘇轍在〈黃州快哉亭記〉文中，寫給張懷民和他的兄長看的一段話：

「士生於世，使其中不自得，將何往而非病？使其中坦然，不以物傷性，將何適而非快？」

閒人為何？心中坦然，不以物傷性也！像他們兩閒人，自得其樂焉！

記承天寺夜遊　蘇軾

元豐六年十月十二日，夜，解衣欲睡，月色入戶，欣然起行。念無與為樂者，遂至承天寺尋張懷民。懷民亦未寢，相與步於中庭。

庭下如積水空明，水中藻、荇交橫，蓋竹柏影也。何夜無月？何處無竹柏？但少閒人如吾兩人耳。

註：本篇選自《志林》。《志林》為蘇軾的筆記。

【語譯】

元豐六年的十月十二日夜裏，我脫了衣服正要睡覺，忽然看見月光照進門窗，便高興地起身走出來，想到沒有一個同我共享這月夜樂趣的人，就到承天寺去找張懷民。正好懷民也沒睡，我們就一同在寺院裏散起步來。

院子裏地上像灌滿了清水，澄澈透明，水裏面的藻、荇枝葉，縱橫交錯——原來是竹葉和柏樹的影子。

哪兒夜裏沒有月光？哪個地方沒有竹子和柏樹？只是缺少像我和懷民這樣兩個閒人罷了。

「略讀」文言強根基

現在讀古文，可說比從前我們年輕求學時讀古文容易得多了，主要是，古代經典巨著與文章，可以參考的白話著作相當豐富，而且很多作品，手頭都有詳盡的註釋和語譯，閱讀文言著述，對照着白話參考書，看不明白的部份也很快可以明白過來。

因此，我們修練中文，範圍不應只限於讀十多篇古人的文言佳作，實該廣泛多讀一點，各類文體也涉獵一下為佳。佳作之中，文學性強而且篇幅精短者，可以背誦，使之成為自己的文言修練的素養，但文言作品浩瀚，不能逐一將之背誦，可多翻閱一些作品，甚至一邊讀文言，一邊以白話語譯作輔導來讀，既省時間，也不妨礙趣味性。如此下來，讀得多了，對文言的認識，也增強了根基。他日沒有語譯在旁，也能自己明白一些較不熟悉的文言句法，可以對原作明白到九成至十成了。

蘇東坡的〈前赤壁賦〉，放在中學中文科閱讀範疇，在過去，我們是要背誦的，今天的中學，恐怕未必一定要背誦，但至少，我們可以用上述的方法，將它的原文和語譯對讀，用來理解蘇東坡對人生的看法：生命的不可知，我們應怎對待？

生命的有時而盡，又該怎樣開解？生命的變幻難測，我們該有怎樣的準備？讀這篇散文賦，當知哪裏是一篇赤壁遊記這般簡單？那絕對是一篇極具思考性的哲理佳作，用以開解我們生命的鬱結！讀之，對於生命，這是迷惘人生道途的一盞明燈，使我們不會茫茫然不知所措而墮入迷思之中。

下面是蘇東坡〈前赤壁賦〉的原文和語譯，讀者將之細讀，會覺得文章很容易理解，情景寫來也似在聽東坡先生講生活小故事一樣：道理顯淺，但意味深長。

前赤壁賦　蘇軾

壬戌之秋，七月既望，蘇子與客泛舟，遊於赤壁之下。清風徐來，水波不興。舉酒屬客，誦明月之詩，歌「窈窕」之章。少焉，月出於東山之上，徘徊於斗牛之間。白露橫江，水光接天。縱一葦之所如，凌萬頃之茫然。浩浩乎如馮虛御風，而不知其所止；飄飄乎如遺世獨立，羽化而登仙。

於是飲酒樂甚，扣舷而歌之；歌曰：「桂棹兮蘭槳，擊空明兮溯流光。渺渺兮予懷，望美人兮天一方。」客有吹洞簫者，倚歌而和之，其聲嗚嗚然，如怨如慕，如泣如訴；餘音裊裊，不絕如縷；舞幽壑之潛蛟，泣孤舟之嫠婦。蘇子愀然，正襟危坐而問客曰：「何為其然也？」客曰：「『月明星稀，烏鵲南飛』，此非曹孟德之詩乎？西望夏口，東望武昌。山川相繆，鬱乎蒼蒼；此非孟德之困於周郎者乎？方其破荊州，下江陵，順流而東也，舳艫千里，旌旗蔽空，釃酒臨江，橫槊賦詩；固一世之雄也，而今安在哉？況吾與子漁樵於江渚之上，侶魚蝦而友麋鹿。駕一葉之扁舟，舉匏樽以相屬；寄蜉蝣於天地，渺滄海之一粟；哀吾生之須臾，羨長江之無窮；挾飛仙以遨遊，抱明月而長終；知不可乎驟得，託遺響於悲風！」

蘇子曰：「客亦知夫水與月乎？逝者如斯，而未嘗往也。盈虛者如彼，而卒莫消長也。蓋將自其變者而觀之，則天地曾不能以一瞬。自其不變者而觀之，則物與我皆無盡也；而又何羨乎？且夫天地之間，物各有主；苟非吾之所有，雖一毫而莫取。惟江上之清風，與山間之明月，耳得之而為聲，目遇之而成色；取之無禁，用之不竭；是造物者之無盡藏也，而吾與子之所共適。」

客喜而笑，洗盞更酌；肴核既盡，杯盤狼藉；相與枕藉乎舟中，不知東方之既白。

【語譯】

壬戌年秋天，七月十六日，蘇先生和客人坐船，船沿着赤壁下遊覽。清爽涼風緩緩吹着，江水也不起波浪。蘇子舉起酒杯，與客人敬酒，朗誦有關明月的詩句特別高歌《窈窕》那一章。一會兒，月亮從東邊的山上升起，在斗、牛兩個星宿之間徘徊。白茫茫的水氣籠罩着江面，水光與天光接連成一片。任憑如葦葉般的小船自由漂流，凌駕浮游在一望無際的水面上。無邊無際就像在空中乘風而行，不知駛到哪兒才是目的地；如痴似醉地就像脱離了塵世而單獨存在，飛升變化成了神仙一樣。

這時候，大家喝着酒，心情愉快，蘇子敲着船邊唱起歌來。歌詞是：「月桂的棹啊蘭木的槳，打着水底的月啊潮着流動的光。真是迷茫而遙遠啊我的心境，想望着的美人啊卻在天的另一方！」有位吹洞簫的客人，隨着歌譜和奏，簫聲嗚咽，像怨恨、如思慕、如懷戀，像哀泣也像訴説，奏完了還有婉轉悠揚的餘音，像細長的絲縷延綿不盡。

這種聲音，讓潛藏深淵裏的蛟龍感動起舞，令居於寂寞孤舟上的寡婦悲泣起來。蘇先生感傷得面帶愁容，整理了一下衣冠，端正地坐着，請教客人說：「為甚麼會這樣呢？」客人說：「『月明星稀，烏鵲南飛』，這不是曹孟德的詩句嗎？向西望，是夏口；朝東看，是武昌；山水環繞，樹木茂盛；這不是曹孟德被周郎所圍困的地方嗎？當他攻破荊州，直下江陵，順流東晉的時候，兵船首尾，千里相連，旌旗遮蔽長空；對着大江飲酒，橫着長矛吟詩，真可算是一代英雄啊！可是如今卻在哪兒呢？何況我和你，只在江渚上打打魚，斫斫柴，與魚蝦做侶伴，和麋鹿做朋友，駕着一葉小舟，挽着葫蘆斟酒，把蜉蝣般短小的生命，寄居在天地間，渺小得像大海裏的一米粒；不能不為我們短暫的生命而悲哀，羨慕長江的無窮，想着和神仙一起遨遊，抱着明月長此終古；明知道是一時辦不到的事情，沒奈何把一腔哀怨全寄託給這管洞簫！」

蘇先生說：「客人也知道水和月嗎？水這樣不停地流，可是並不曾真的去了？月有圓有缺，可是終歸沒有增損呢。因為如果從變化的一面來看，那麼，天地的壽命也不過等於一眨眼；如果從不變的一面來看，那麼，萬物和我們的壽命同樣無窮無盡！如此說來，還有甚麼可羨慕呢？而且天地之間，任何東西都各有一定的主人，如果不是我份所應有，縱然一絲一毫也不宜獲取。只有江上的清風和山中的明月，耳朵聽了能成聲音，眼睛看了能成顏色；取它沒人干涉，用它不愁缺乏，這是大自然的無盡寶藏，我和你共同享受的啊。」

客人聽到這裏，覺得高興而且笑了起來，便洗了酒杯再飲；直到菜餚水果吃光，杯盤也凌亂了，彼此就橫七豎八地睡在船上，不知東方已經發白了。

一同走過的日子

想跟大家欣賞蘇東坡寫的一首詩。這首詩我個人認為，高中同學應該讀一讀，確是好詩。

和子由澠池懷舊　　蘇軾

人生到處知何似？應似飛鴻踏雪泥。
泥上偶然留指爪，鴻飛那復計東西？
老僧已死成新塔，壞壁無由見舊題。
往日崎嶇還記否？路長人困蹇驢嘶。

這詩可貴之處是，既寫了人生的虛幻不定、變化無常的無可奈何；但又肯定了每一個人，都會遇上在人生道路上可以互勉共濟的人——親人或朋友。人到底是不會完全無助、完全孤獨的。

詩是東坡寫給弟弟的：一同懷想起舊日的一段日子，表達了兄弟之情，也珍惜着兄弟倆的往昔歲月，這是他們的共同記憶，良可珍也。

蘇東坡此詩，先寫雪泥鴻爪（多形象鮮明的四個字）：從雪上的鴻爪，再通往廟裏見到的老僧，又再由老僧，通往廟壁（在破牆中想到昔日的題詩）的舊題，再通到昔日走過的那條崎嶇的小路，然後通到當時的人和驢的困頓情景！

我們看到此詩一步步寫來，一事通到另一事，事事相通——相關，引出「人生道路」如同「生的持續」，這就是人生了！做兄長的跟弟弟懷想起往昔的共同歲月，一方面是有感於即使親如兄弟，也不能不各奔前途，如同鴻雁在雪地逗留一會，很快就要飛到別的地方，雁如是，人又如是，我們總要明白「雪泥鴻爪」的比喻，才不至墮入哀傷失望的情緒中，努力正視人生。

我們當年邂逅的老僧，經已離世，安息在他築的塔中，我們曾經留下的題詩亦因牆的塌下殘破而找不到那詩句的影子了。然而，我卻記得，不知你還記得否；我們在崎嶇的山路走着的時候，我們都神情困倦，跛驢也走得很苦，發出陣陣的哀鳴和悲嘶呢？

蘇東坡記憶中的這一條路，隱喻了人生之苦，生的旅途就是如此！那有一帆風順，處處艷陽天，天天風和日麗，人強驢壯，旅途上鳥語花香、風光如畫？

這是人生的自勵之詩！兄弟二人，莫道人生風平浪靜吧，但縱使人生不順，我們的共同生命的體會和走過的足跡，不是也很珍貴嗎？我不認為此詩是東坡消極的慨嘆，正好相反：東坡以此詩明志，與弟共勉，以示即使前路如何困厄，我們都會勇敢地走下去！

是的，昔日崎嶇，正是對我們的磨練！

此詩之妙，乃在詩的開頭，以鴻雁留下的爪印來暗喻他們兄弟二人一樣在生命的道途上，一樣留下了不少的足跡，有着這份生命的體會，兄弟二人是更能互勵互勉，終生銘記一同走過的日子！

高度集中的兩首詞

寫作真的要講寫的策略。打開一篇作品，首先閱讀其內容，再進一步，我很自然就會看作品用了怎樣的寫作策略。

有時，策略是放在佳句上，重修飾多於重內容；有時，策略是文中的趣味手法（Gimmick），例如用了某種巧妙的情節作全文賣點；有時，策略是嚴密的結構，文中到處找到精密的句子和段落的安排……看到作者最花心思的地方，也就等於明瞭其寫作策略之所在，寫作的策略是作者為該文章而設計的寫法，如同量體裁衣或說度身訂造。

我們不妨讀一讀宋詞，看宋代的詞家填詞時，怎樣構思寫的策略。先看〈水調歌頭〉：

水調歌頭並序　蘇軾

（丙辰中秋，歡飲達旦，大醉，作此篇。兼懷子由。）

明月幾時有？把酒問青天。不知天上宮闕，今夕是何年。我欲乘風歸去，又恐瓊樓玉宇，高處不勝寒。起舞弄清影，何似在人間！

轉朱閣，低綺戶，照無眠。不應有恨，何事長向別時圓？人有悲歡離合，月有陰晴圓缺，此事古難全。但願人長久，千里共嬋娟。

最明顯的一種寫作策略，叫做集中。蘇軾填詞，像〈水調歌頭〉寫的丙辰中秋，不論你怎樣解剖詞中的情緒和深藏着的入世與出世的內蘊，但在整個創作中，主角都是月，集中在寫月，再用來暗示他要傾吐的內心世界。

細想構成這首詞的基本寫作內容，你發覺作者應該有下列構思：

一：對天問月；二：月兒來訪；三：月的圓與缺。

因為對天問月：「明月幾時有？」一問，就借居於天上月，想到自己飛往天上還是留在人間？這裏的飛還是留，也就是蘇軾他個人入世與出世的矛盾與猶豫了。

月兒來訪：這裏不妨把月兒人格化，她走過朱閣、綺窗，終能把月照帶到我的房裏來，從月照的描繪引出人的感喟：「何事長向別時圓？」月圓而人不能圓！作者埋怨。

月有圓有缺，人有離有合，不會永全。

不論我們是否要背誦此詞或分析此詞的內容，有了上面在寫法安排上的理解，背誦與結構也就盡在掌握之中了。

讀古人作品，必須先析出其內容，究以何物為主角？射人先射馬，一矢中的，主角在手，寫起來也就結構井然，創作也就有了依憑。

下次你以物寄意，或以物寫情，哪一種物是你選擇的？記着，一經選取，你得多花筆墨去寫這一種物，因為在寫的策略上，這物已是這文章中的主角，你要好好地服侍這位老闆，也好好地利用這位老闆。

以下一首詞，是周邦彥的〈六醜〉，詞牌後綴有「薔薇謝後作」，跟〈水調歌頭〉下有「兼懷子由」一樣，點出作品的寫作內容，薔薇，玫瑰也，〈六醜〉一首，主角顯然就是玫瑰了，你看周先生怎樣寫玫瑰，怎樣借玫瑰來寫情？

六醜　周邦彥

薔薇謝後作

正單衣試酒，悵客裏光陰虛擲。願春暫留，春歸如過翼，一去無跡。為問花何在？夜來風雨，葬楚宮傾國。釵鈿墮處遺香澤。亂點桃蹊，輕翻柳陌。多情為誰追惜？但蜂媒蝶使，時叩窗隔。

東園岑寂，漸蒙籠暗碧。靜繞珍叢底，成嘆息。長條故惹行客。似牽衣待話，別情無極。殘英小、強簪巾幘；終不似、一朵釵頭顫裊，向人欹側。漂流處、莫趁潮汐。恐斷紅、尚有相思字，何由見得。

「正單衣試酒，悵客裏光陰虛擲。願春暫留，春歸如過翼，一去無跡。」一落筆，不能即時點示主角玫塊，這段文字乃是為帶出主角而寫：前面是傷別，後面是傷春。傷春帶出主角。春要離去，暫留也不可能，那麼我最關心的花，又會怎樣？於此便開始了薔薇花凋盡那幅驚心動魄的圖畫，這才是這詞的主體所在。

周邦彥把薔薇花謝寫得有如一位美人遭到悲慘的命運，遭受無情的踐踏，甚至隨流水漂泊。花兒在狂風下亂舞之際，蜂蝶叩窗代向惜花人求救，而被摧殘的斷紅（殘紅），以花枝之條拉着行客，不肯離去，又使詩人回憶起昔日千嬌百媚玉人的鬢上，不就插着綽約多姿的薔薇嗎？花兒身上還有可能寫了相思字條，但望她不會隨水漂去吧！好讓我解讀到留在瓣上的相思之詞啊！

讀了以上的內容描述，你可以參考後自己嘗試將之語譯，寫成一首白話詩出來嗎？

詠物描繪如許生動

上篇談到內容高度集中的一首詞：周邦彥的〈六醜〉。之所以要介紹這首詞，一方面是想大家認識一首詠物（薔薇花謝）小品怎樣集中書寫的內容：雖然只是寫花謝，卻有萬千情態，而情態皆由花謝而起，通過這個集中的描繪與詠嘆，玫瑰之凋與惜花之情，便綰合在一起，成為一篇詠花的千古佳構。

終篇通過了人惜花和花戀人的流程，極盡刻畫，而婉轉地傾吐傷春傷別的人生境界，寫來曲折而淒艷，饒有風致，可叫人細細體味。而在另一方面，也望大家了解了整篇內容，要背誦時，也就更加容易入腦哩！

以下為〈六醜〉的語譯：

正是穿着薄衣和品嘗新酒的時節。我悔恨作客他鄉，白白浪費了光陰！我希望春光多留一會，但它如鳥兒飛過那麼迅速地走了，而且走得無影無踪。借問花兒此刻在哪裏呢？昨夜一場風雨，將楚宮傾國美人——花朵埋葬了，吹落了！她的頭釵和金花一類的首飾——墮在地上，遺下餘香。殘花撒落在桃樹下的小路上，或輕輕地在種滿楊柳的小徑上飛旋，誰會多情地為這些落花惋惜呢？恐怕只有蜜蜂和蝴蝶，如媒人和使者般，偶然敲叩窗木向我報憂。

東園寂靜，茂盛的草木漸變得深暗碧綠。我靜悄悄地繞着可珍的落花叢而行，情景叫人慨嘆。細長的枝條有心向我示意，好像是拉着我的衣服要跟我説話，表現出無限的離別之情！殘花雖然細小，我仍努力地將它簪戴在頭巾上。但總不如一朵盛開的花在一個女士的釵頭上擺動，向着人家偎倚傾斜、搖曳生姿那麼美吧！落花在水面漂流，但望不要隨着潮汐之水而被沖走，恐怕這些落花的花瓣上，會寫有相思的字句，若被水沖走，那我又怎可讀得到？

這首詞詠物描繪，有非常成功的地方，現試談談其中一些佳句：

一、「願春暫留，春歸如過翼」：春的消逝如飛鳥飛去一般，以示一去無跡，但作者「春歸如過翼」總比白話的「春去如飛鳥」好，「春歸」，「過翼」，簡潔而有動感！現在我們說時光飛逝，美好的日子走得快，也會用上這句「春歸如過翼」——非常形象化的寫法。

二：「蜂媒蝶使，時叩窗隔」：作者隨手拈來在夜來風雨中，蜂蝶碰撞窗子的小情景，說成蜂蝶對薔薇的同情，要向窗內的主人求救，望能惜花、救花，不讓楚宮傾國送葬在風雨之夜裏，這兩句雖然只是素描情景，卻含蓄地以蜂蝶的惜花，向護花人報訊，寫來心思細如塵也。

三、「長條故惹行客，似牽衣待話，別情無極」：花枝向行人示意，如同牽纏人的衣袖，有話要訴說；這便是花戀人了，人不能惜花，花卻深深依戀着人，那份落寞與淒涼，不是更叫人感傷嗎？花枝為花而牽人衣而欲傾訴，欲訴卻無言，傷別之情濃矣！

四、「漂流處、莫趁潮汐。恐斷紅、尚有相思字，何由見得。」：這幾句花戀人、人惜花——主客合一，情意綿綿之至——花在瓣上刻有相思字句，就不要被水沖走，要讓惜花者可以拾起落花，讀到相思之情啊。

賣柑人的憤慨

劉基的〈賣柑者言〉無疑是明朝初期的一篇傑出散文。很多人將之説成是一篇寓言體古文，因為作者借賣華而不實的柑橘來嘲諷元末社會的欺世盜名，然而經過細賞，全文以賣柑人牢騷出發，抨擊社會世情政局，手法是借題發揮，而非用一個故事寄寓道理。説是寓言，恐不夠貼當！倒不如説是一篇鏗鏘有力、鞭辟入裏的時政雜文，更來得恰如其分。

全文結構乾淨簡潔，先以一個賣柑人的柑，引起買柑者不滿的詰問，指所賣的柑：金玉其外，敗絮其中，甚矣哉——真是欺人太甚了吧？

賣柑者終於找到人來詰問自己，從而可以一吐心中牢騷——大發議論，抨擊政情了。

好一句：「賣者笑曰」，然後連珠炮發，對社會上的權貴蔑視、鄙夷、憤慨，一瀉無遺，這是對政治最鮮明有力的控訴，叫人讀畢腦中仍留下一連串深刻的記憶，這些指責，充份闡釋了社會上真正叫人感嘆的「甚矣哉為欺也！」

表面上，是小小果販狡黠的一種自辯，但論點一早鋪出，他竟從一個被投訴的果販變成了投訴者——原訴人和受害者了，更特別的是：此人還來勢洶洶，向社會尖鋭地興師問罪起來！

答辯演成投訴人，這是一篇有力的戰鬥雜文，而非一則只藏諷刺寓寄託的寓言，那不是很明白嗎？

劉基這篇精短的雜文，除了兩三個文言詞語較僻一點外，其他都簡單易明。

賣柑者言　劉基

杭有賣果者，善藏柑，涉寒暑不潰，出之燁然，玉質而金色。置於市，賈十倍。人爭鬻之。予貿得其一，剖之，如有煙撲口鼻。視其中，則乾若敗絮。予怪而問之曰：「若所市於人者，將以實籩豆，奉祭祀，供賓客乎？將炫外以惑愚瞽也？甚矣哉為欺也！」

賣者笑曰：「吾業是有年矣，吾賴是以食吾軀。吾售之，人取之，未嘗有言，而獨不足子所乎？世之為欺者，不寡矣，而獨我也乎？吾子未之思也。

今夫佩虎符、坐皋比者，洸洸乎干城之具也，果能授孫吳之略耶？峨大冠、拖長紳者，昂昂乎廟堂之器也，果能建伊皋之業耶？盜起而不知御，民困而不知救，吏奸而不知禁，法斁而不知理，坐靡廩粟而不知恥。觀其坐高堂、騎大馬，醇醇醴而飫肥鮮者，孰不巍巍乎可畏，赫赫乎可象也？又何往而不金玉其外，敗絮其中也哉！今子是之不察，而以察吾柑！」

予默然無以應，退而思其言，類東方生滑稽之流。豈其憤世嫉邪者耶？而託於柑以諷耶？

憤世牢騷，退而思之

〈賣柑者言〉一文，借小市民——為生計的小果販——的欺騙顧客，來控訴社會上坐高位的權貴、官吏、文臣武將，怎樣欺世欺民的殘酷現實，憤慨地斥罵此等大欺騙！

一個金玉其外的柑果，內裏全是敗絮，受害者買了柑回家，方知受騙，走來理論，引發賣柑人內心憤慨，從「今子是之不察，而以察吾柑！」——世上存在幾許外表如金玉，內裏滿是爛棉花的現實，顧客先生你卻對這現實熟視無睹，偏偏來挑剔我的柑果毛病？

賣柑人的一番憤慨，用白話説來，大抵如此：

世間上欺騙人的事多着呢，豈止於我一個小小的賣柑者？我的先生，你沒有細心去想吧：

現在那些佩戴虎符、端坐在虎皮交椅上的人，外表看來威風凜凜像是保衛國家的樣子，但他們真的拿得出像孫武、吳起擁有的謀略嗎？那些頭戴高聳聳的冠，腰繫長長的帶、氣宇軒昂，像十足朝廷棟梁，但，他們真的能夠建立伊尹、皋陶功績嗎？盜賊橫行，他們剪滅不了；百姓窮困，他們不懂得去救亡；官吏作奸犯科，他們又不知如何去防止；綱常潰壞，不懂整治；浪費公糧而不羞恥。

你看：他們坐在高堂、騎大馬、醉美酒、享美食，有哪一個不是威風八面叫人生畏的顯赫樣子？他們何嘗不是外表是金玉而內裏卻是爛棉花的貨色！

最後，賣柑者說：

「今子是之不察，而以察吾柑！」

可知，責難的顧客先生心中明白了，這位倒不像是一個真正的賣柑人，倒是中國歷史上東方朔那類滑稽前輩——那些憤世嫉俗，用一種幽默而悲哀的憤慨，託於柑而諷世，讓世人看清我們活着的現實，究竟是一個怎樣叫人悲憤的國度？

今已亭亭如蓋矣

本篇且看古代文學高手，如何在散文寫作上，運用「不着一字，盡得風流」這種藝術筆法：不用一字言說，而言說已是滿溢其中了。

此中佳作，當推歸有光的散文〈項脊軒志〉了。這篇〈項脊軒志〉，內容是透過一間破舊的小屋的描述，從而表達了自己對幾位親人的懷念和追憶。

文中作者因為未能早達——及早成名、出身，因而文中也有一段流露自傷之情。當然，他引蜀清和孔明來自況，聊以自勵，把自傷之情演為自勵之志，也見他的寫法不落俗套吧。

整篇散文以修葺項脊軒開始，即是從這間他居住小屋的修葺作為全文的發端，而修葺後的閤子，他感到頗滿意，頗有感情，是可愛也是可喜。而由可喜，打開了他的追憶之情——可悲的往事片斷也跟着來了：

文中第一件可悲的事，是大家庭分居的事，叔伯的分居，破壞了庭院的美觀，也映照了人心的多變，但此段只是陪襯，作者着重要抒發的，是自己親人離逝的傷痛：他借家中老工人（老嫗）口中憶述，說自己的母親曾到此軒，並問及作者之姊因何哭啼，是飢寒乎。這使歸有光觸起思念亡母之情。

再進一步，他又回憶起祖母也來過此軒，並捧着祖先昔日上朝用的象笏交給歸有光，望他日有光能取得功名，再顯家聲！（昔日讀書人，無不以讀書求取功名，歸有光當然也不例外吧！）

跟着的一段，就是上面我提到的，歸有光在此小軒立下求取名達之志！並以蜀清和孔明自況。

最後一段，也就是我們特別要向大家推介的一段文章：無意於感人，而歡愉慘惻之思，溢於言表之作！也就是我們特別看重的：「不着一字，盡得風流」！

項脊軒志（選段）　　歸有光

余既為此志，後五年，吾妻來歸，時至軒中，從余問古事，或憑几學書。吾妻歸寧，述諸小妹語曰：「聞姊家有閣子，且何謂閣子也？」其後六年，吾妻死，室壞不修。其後二年，余久臥病無聊，乃使人復葺南閣子，其制稍異於前。然自後余多在外，不常居。庭有枇杷樹，吾妻死之年所手植也，今已亭亭如蓋矣。

這段文字，是全篇散文中最後的一段，也是寫得最為有感情的文字，從文中說叔伯不和到自己對母親及祖母的懷念，文字一樣流露了深深的追憶之情。但比起這一段，卻大有不如了，何以故？這一段其實是追憶亡妻，但卻從無關重要的生活小節來落筆，先從小姨向妻子問及其小軒的樣子（何謂閣子），又寫妻子在書房中向自己問古事、學書法，寫的都是平凡得很的生活小事，但裏面的溫馨實感，卻叫人有不勝的聯想，那幅親近而投入的二人世界，流露無遺了。

到文章最後，突然出現了一段這樣的文字：「庭有枇杷樹，吾妻死之年所手植也，今已亭亭如蓋矣」。這一段文字，真可謂不着一字，沒有一個字說出歸有光心中憶念亡妻，沒有一個字表明他心中的悲痛，然而話沒有說，這才是「大說」！

這一段，跟上面妻子歸寧時轉來小姨的問話：「聞姊家有閤子，且何謂閤子也？」這小段也是「只有一問而沒有一答」的停止了下來，同樣是「不着一字」呀！

這就給人一種感覺，寫作抒情，似是無意抒情，而這無意，卻情已在其中，則此情是更叫人感受真而深了吧！

我們要懂得欣賞歸有光那高明抒寫感情的手法：一是閨閣的姊妹之情，只用一句閒話則達到了神情如畫、姊妹情深；一是追記妻子在生之日，種下的枇杷樹，今已高大如蓋——於不要緊處，說不要緊之語，本無意感人，而感人自然飄至，這就是文章的遺音——「不着一字，盡得風流」是也。

後記

朋友都以為我愛舞文弄墨：寫，寫，寫——寫確是我生活一部份，但講才是我生活最愛的一部份，步入七十高齡之後，我的寫與講都大大減少了，換了一種讀，誓要把未看的書而自問要必看的，一一去觸摸翻閱，不能再置之不理了。

講的歲月，並非始於當了大學講師——要授課而去天天講個不休。我的講，大都是應一些中學、大專之邀，作一個個小講座，與年輕的學子談文說藝一番。

走馬登台胡吹，也草擬了不少講題和大綱，一些還保留了講稿大綱，今天案底下的堆積可謂駭人！細覽往昔，歲月就此溜去，卻捨不得把文稿丟棄，留着讀着，往昔的情懷又來了。

不同的出版社曾為我編了好幾本書，大多是生活與思維。但我想到：如果談寫作的書，講文學欣賞的書，講各家寫作看家本領的技巧，會不會對年輕一代學子或自修生，在寫作時有點參考作用呢？

我所選出來的小文章，內容大抵都是一些古今名家佳作——短小精彩的作品，這些文章各種文體都有，詩詞散文俱備，古典味與現代感並舉，篇中名句俯拾皆是，寫作手法各具特色，可說是各領風騷！

猶記當年應邀作專題演講時，喜歡每篇都為聽眾點示這些作品足以學習欣賞及創作借鏡之處，學子似乎也頗感趣味，反應良佳。

也許敝帚自珍吧，今日我把這些文章抖出來，也將古今名篇，陳列君前，用我個人有限的文學修養與人生體驗與君細賞，點示我所欣賞拜服及陶醉的佳妙之處，寫下與君共享之心得！

側聞天地圖書不時會在灣仔門市辦新書活動，供讀者、作者在此交流閱讀心得，我因而想到，如果我這本書出版了，能與我們的莘莘學子及愛好文藝的朋友共聚一堂——談文説藝，切磋文學創作與欣賞的心得，那不是天地間的美事嗎？

希望我們都可以有這一天！我期待！你呢？

www.cosmosbooks.com.hk

書　　名　古今散文精選——黃子程導讀

編　　著　黃子程

策　　劃　林苑鶯

責任編輯　蔡柷音

美術編輯　Dawn Kwok

出　　版　天地圖書有限公司
香港黃竹坑道46號
新興工業大廈11樓（總寫字樓）
電話：2528 3671　傳真：2865 2609
香港灣仔莊士敦道30號地庫（門市部）
電話：2865 0708　傳真：2861 1541

印　　刷　美雅印刷製本有限公司
香港九龍觀塘榮業街6號海濱工業大廈4字樓A室
電話：2342 0109　傳真：2790 3614

發　　行　聯合新零售（香港）有限公司
香港新界荃灣德士古道220-248號荃灣工業中心16樓
電話：2150 2100　傳真：2407 3062

出版日期　2024年7月／初版・香港

ISBN: 978-988-8551-35-4